KB048079

어느
인문학자의
걷기예찬

어느 인문학자의 걷기 예찬
Of Walks and Walking Tours

초판 인쇄 2016년 08월 22일 | **초판 발행** 2016년 08월 26일

글쓴이 아널드 홀테인 | **옮긴이** 서영찬 | **그린이** 성립 | **펴낸이** 김해연
책임편집 한별 | **디자인** 앨리스인드림 | **인쇄 및 제본** 데이타링크

펴낸곳 프로젝트A
출판등록 2013년 3월 14일 제311-2013-000020호
주소 서울 서대문구 증가로 30길 8, 101동 401호(북가좌동, 서부인터빌아파트)
대표전화 070-7555-9653 | **팩스** 02-6442-0667 | **전자우편** haiyoun1220@daum.net

ISBN 979-11-86912-17-1 03840

• 책값은 뒤표지에 있습니다.
• 잘못된 책은 구입하신 서점에서 교환해 드립니다.

• 이 도서의 국립중앙도서관 출판예정도서목록(CIP)은 서지정보유통지원시스템 홈페이지 (http://seoji.nl.go.kr)와 국가자료공동목록시스템(http://www.nl.go.kr/kolisnet)에서 이용하실 수 있습니다. (CIP제어번호 : CIP2016020026)

어느 인문학자의 걷기예찬

아널드 홀테인 글 | 서영찬 옮김

프로젝트A

차 례

"현상을 우연적인 것으로 파악하는 것은

이성의 본질에 해당하지 않는다.

필연적으로 파악하는 게 이성의 본질이다."

"De naturâ Rationis est res sub quâdam

aeternitatis specie percipere."

스피노자 『에티카 II』

들어가며

이 책을 쓰는 일은 내게 커다란 즐거움이었다. 이 책을 읽는 이들도 부디 즐겁기를 기대한다.

이 책은 짧지만 그다지 쉬운 작업이 아니었다. 자연의 가르침은 익히기 어려울 뿐더러 자연의 가르침을 다른 이에게 옮겨 전해주기란 더욱 어렵기 때문이다. 더구나 감정에 호소하는 자연을, 감정을 자극하고 전달하는 수단인 언어로 표현하는 것이 미약하기 마련이다. 단, 위대한 시인의 창작은 예외로 하자. 언어는 감정의 수단이라기보다 추론의 수단이다. 위대한 시인마저도 언어를 음악에 비유하지 않았던가. 그리고 적확한 표현은 언제나 찾아내기 어렵다. 그래도 언어가 호소력을 지니려면 우리는 적확한 표현을 찾으려는 노력을 포기해선 안 된다.

이 책의 본문 곳곳에는 한편으로는 신비하고, 한편으론 지적인 사색들이 엄밀한 논리학의 영역을 초월하면서 산재해 있을 것이다. 단언컨대 나는 내가 말할 수 있는 것만 썼다. 그것이 어떻게 왔는지, 어디서 왔는지, 나는 알지 못한다. 나는 어떤 사상도 자가생식하는 법이 없다는 믿음을 가지고 있다. 이 책 또한 낳아준 부모와 혈통이 존재한다.

나는 황송하게도 스피노자로부터 골라낸 문장을 모토로 삼고, 이를 실천하려 노력해왔다. 하지만 이 문구는 항상 파스칼의 다음 문장과 함께 읽혀져야 한다.

"이성의 마지막 단계에선 사물 저 너머 무한대가 있음을 인식하기에 이른다."

언제나 감정, 상상, 감각 및 신념은 이성 위로 솟구쳐 오르려 한다. 그리고 그때마다 언어의 부족함을 드러낸다.

이 책에는 내가 쓴 『캐나다 두 시골 산책』의 일부분이 포함돼 있다. 또한 『애틀란틱먼슬리 매거진』에 게재된 기사도 포함됐고, 22장과 23장은 『캐나디언 매거진』에 처음 소개된 바 있다.

골프는 산책이 아니다

골프가 '시골 산책' 들로 구성돼 있다고 주장하는 사람도 있다.

작고 둥근 공을 작고 둥근 홀에 넣으려고 멈출 때마다 들꽃으로 치장된 변화무쌍한 산책을 경험하지 않느냐는 주장이다. 그때 마음과 눈은 주로 자연의 아름다움에 사로잡히는데, 보잘 것 없는 둥근 물체를 보잘 것 없는 공간에 넣으려는 충동은, 비유하자면 요즘 같은 스포츠 시대에 케르베르스(Cerberus, 그리스 신화에 나오는 머리가 셋 달린 개로 저승의 문을 지키고 서있다. 웬만한 유혹에 넘어가지 않는 문지기를 의미한다. 옮긴이)에게 있어서의 빵 조각이거나 에스컬라피우스(Aesculapius, 약과 치유의 신. 옮긴이)에게 있어서의 수탉 제물쯤이라는 것이다.

"정말 멋지네요."

언젠가 말쑥하게 차림의 상냥한 이방인이 내 골프장을 둘러보며 말했다.

“아름다운 골프장의 경치가 게임의 즐거움을 한층 끌어올려주네요. 정말 멋집니다.”

아, 순진도하셔라! 그건 나와 전혀 상관없는 말씀이다. 그 그악스러운 골퍼는 대개 라운딩이 끝난 후 그 자신이 침이 마르도록 칭찬한 경치 속에서 오로지 술만 퍼마셨다. 베란다 암체어에 기댄 채 텀블러 잔의 내용물을 끊임없이 목구멍에 털어넣었다.

맞다. 우리 골프장은 언제나 아름답고, 자주 오는 사람들조차 매번 그 아름다움에 깜짝깜짝 놀란다. 하지만 나는 ‘공을 치는 순간’ 골프장은 아름다움을 잃어버린다고 생각한다. 골프는 골프일 뿐이다. 시골 산책과는 전혀 별개의 것이다. 단언컨대 골프는 시골 산책을 죽여버렸다.

홀로 걸으리라

시골 걷기의 진수는 어떤 목적이나 목표물이 없다는 데 있다. 시골로 여행을 떠나기 전 갖춰야 하는 마음가짐은 완전한 정신적 진공상태를 만들어 놓는 것이다. 가능하다면 최대한 산책자가 주어진 시간과 장소라는 카테고리마저 없애버려야 한다. 일정한 시간 안에 일정한 거리를 돌파하겠다는 결심을 갖고 출발하는 것은 산책이 아니라 '건강을 위한 산보'에 지나지 않기 때문이다. 이른바 건강을 위한 산보는 시골 산책의 낙제생인 셈이다.

산책자가 갖춰야 하는 적절한 마음가짐은 흔들림 없이 완벽한 수동적 자세이다. 이는 곧 어떤 느낌도 받아들이겠다는 개방적 태도이다. 자비로운 자연의 위대한 힘이 이끄는 대로 나 자신을 그냥 내맡기겠다는 태도이다. 또한 수동적 자세는 영혼의 겸손한 감수성이자, 위대한 자연이 가르쳐주고자 하는 모든 것을 배우려는 호기심 가득한 아이의 열망과 다르지 않다. 그것은 결코 조바심이나 지적인 갈망이 아니다.

사실 우리가 아무리 마음을 비운다고 하더라도 그때는 '충만한 마음'(plenable, 스토아 철학에서 물질의 충만한 상태 'plenum'을 형용사 형태로 만든 조어. 혹은 plenism 즉 아리스토텔레스 개념 '진공 상태에 대한 공포' 충만주의. 옮긴이), 즉 차분하게 반응하는 마음이 되지 않으면 안 된다. 그제야 비로소 지긋한 시선으로 수확물을 거둬들일 수 있다.

시인 윌리엄 워즈워스(William Wordsworth)는 이렇게 노래했다.

"자연이 얼마나 아름다운가, 알게 되리.
좇지 않고, 갈구하지 않으면
그 심오한 깊이에 가 닿으리."

"How bountiful is Nature! he shall find
Who seeks not; and to him who hath not asked
Large measure shall be dealt"
워즈워스의 시, 「소풍(The Excursion)」

자연 그 자체와 자연의 생태에 대해 워즈워스만큼 제대로 노래한 사람은 없다. 워즈워스는 시골 산책자의 전형이었음에 틀림없다. 그의 시 「소풍」은 셀 수 없이 많은 산책의 결과물이다. 워즈워스는 「소풍」에서 방랑자에 대해 읊기도 했는데, 이는 워즈워스 자신을 묘사한 것이다.

"숲 속에서
외로운 광신자. 들판 한 가운데로
이 노동의 굴레에서. 그는 지나쳐왔네.
더 나은 시간의 한 토막을: 그리고 거기서
그는 이내 열정을 바쳐
세월의 현상금을 찾네. 평화
그리고 자유와 자연: 거기에서.
외로움 속에서 고독한 사고 속에서
그의 정신은 사랑의 균형을 얻었네."

"In the woods
A lone Enthusiast, and among the fields,
Itinerant in this labour, he had passed
The better portion of his time; and there
Spontaneously had his affections thriven
Amid the bounties of the year, the peace
And liberty of Nature; there he kept,
In solitude and solitary thought,
His mind in a just equipoise of love."

언젠가 말더듬이 친구가 말했듯 "워... 워즈워스의 최대 단... 단점은 그가 시... 심하게 될 대로 되라는 식으로 수... 수심에 잠긴다는 것."이다. 때로는 폴스타프

(Falstaff, 셰익스피어 희곡과 베르디의 오페라에 등장하는 뚱뚱하고 코믹한 인물. 옮긴이)처럼, 때로는 폴스타프와 정반대로 워즈워스는 자신을 들여다보며 수심에 잠겼음은 물론 '별'이나 '성채' 같은 자연을 들여다보면서도 수심에 잠겼다. 그의 일기 『스코틀랜드 여행』은 그런 점을 가장 적나라하게 드러낸다.

그럼에도 불구하고 워즈워스는 여태껏 가장 전형적인 시골 산책자임에 틀림없다. 그의 시에서처럼(아래는 워즈워스의 「틴턴 사원에서 지은 시(Lines Written A Few Miles Above Tintern Abbey)」의 일부. 옮긴이)

그는 '숲과 들녘과 산의 연인, 무엇보다 우리가 바라보는 이 푸른 지구의 연인'이었다. 워즈워스의 시가 이해됐다면 이제 우리는

'달로 하여금 홀로 걷는 우리를 비추게 하고 습기 머금은 산바람을 놓아주어 우리에게 불어오게' 해야 하지 않을까.

누구나 인생의 한 시기를 걷는다

어쭙잖은 생각일진 몰라도 위대한 영혼의 소유자는 저마다 인생의 한 시기에 시골 산책자였다.

나자렛의 예수는 헐벗은 땅에서 40일을 보냈다. 잘 알려졌다시피 그는 3년에 걸친 전도 기간 동안 쉼 없이 돌아다녔다. 그리고 그는 두 제자를 이끌고 엠마우스(Emmaus, 예루살렘 북동쪽으로 약 11킬로미터 떨어진 고대 도시. 옮긴이)라 불리는 촌락으로 향했는데, 그때 11킬로미터가량 이어진 시골 걷기를 다룬 뭉클한 이야기를 읽으며 심장이 뜨거워지지 않을 사람이 없을 것이다.

모세는 시나이 산에서 40일을 홀로 지냈다. 그리고 십계명을 품고 산을 내려왔다. 마호메트가 "하느님 외에 신은 없다(There is no God but God)."는 새로운 계시를 얻고 돌아왔을 때에도 라마단 은거 기간과 비슷한 시간을 보낸 이후이다. 익히 알려져 있듯이 에녹(Enoch)은 신과 함께 걸었다. 내게는 떨쳐내기 싫은 유치한 공상 하나가 있는데, 그것은 에녹이 신을 택한 게 아니라

신이 에녹을 선택했다는 공상이다. 그 이유는 에녹이 큰 즐거움을 선사하는 인물이라 길동무로 삼기에 더할 나위 없었기 때문이다.

이스라엘의 노래꾼은 고요한 연못가에 다다르기 전까지 푸른 목초지를 무수히 돌아다닌 게 분명하다. 아버지 소유의 양들을 보살피고, 곰과 사자를 죽여 가며 말이다. 그러면서 높이 솟은 언덕과 야생 염소의 은신처와 바위 위에서 노니는 산토끼를 노래했다.

조금만 생각해보면 누구든 알 게 되는 사실이 있다. 문학이 시골 산책에 얼마나 많이 빚지고 있는가를. 우리가 플라톤의 『대화』를 읽고 느끼는 아름다움은 어디에 빚지고 있는가. 그것은 일리서스(Ilissus, 아테네를 가로지르는 강. 옮긴이) 강변 플라타너스 나무 아래에서 피드러스(Phædrus, 아테네의 귀족으로 소크라테스 학파의 일원. 옮긴이)와 소크라테스가 나눈 기나긴 대화에 빚지고 있다. 또 그것은 아테네 성벽 밖에서 이루어진 기나긴 산책에 빚지고 있다.

베르길리우스(Virgil)가 시골을 사랑하지 않았다면 아마 농경시 「게오르기카(Georgics)」는 탄생하지 않았을 것이다. 호라티우스(Horace)는 '성스러운 길'(Via Sacra, 고대 로마의 주요 거리 중 하나로 종교 시설이 주로 모여 있어 성스러운 길이라 불림. 옮긴이)을 순회할 때, 틈나면 사유지인 사빈(Sabine, 로마 북부 고지대 지명 혹은 그 지역 사람. 옮긴이)

농장을 한 바퀴 쭈욱 둘러보며 산책했을 터이다. 초서(Geoffrey Chaucer)는 때때로 맨발 순례에 나서곤 했다.

스펜서(Edmund Spenser)는 발바닥이 따끔거릴 정도로 평원을 자박자박 거닐었다. 밀렵 이야기를 다룬 셰익스피어(William Shakespeare)의 작품을 보면 젊은 시절 셰익스피어가 무엇을 추구했는지 어렴풋이 보인다. 시인 밀턴(John Milton)은 저녁 기도를 들으러 자주 지빠귀 지절대는 숲 속으로 갔다. 그는 눈이 멀어버린 이후에도 조금도 멈추지 않고 뮤즈들이 드나드는 맑은 샘, 그늘진 수풀, 햇살 많은 언덕을 돌아다녔다.

골드스미스(Oliver Goldsmith, 18세기 소설가이자 시인. 옮긴이)의 시집 『여행자』는 도보 여행이 낳았다. 로버트 루이스 스티븐슨(Robert Louis Stevenson)의 『당나귀 타고 세벤느 여행』도 마찬가지다. 매튜 아널드(Matthew Arnold)의 시를 통해 우리는 옥스퍼드의 넓고 푸른 초원 산책이 얼마나 많은 사람의 가슴에 잔잔한 울림을 안겼는지 능히 짐작할 수 있다.

뉴먼(Newman)에게 "혼자 있을 때 가장 외롭지 않다."라고 말한 사람이 조웻(Benjamin Jowett) 아니었던가. 조웻은 그 당시 신을 신지 않은 채 홀로 여행 중이었다. 조웻에게는 걷기와 관련된 일화가 꽤 많다. 젊은 시절을 방랑으로 보낸 드퀸시(De Quincey)의 경우도 걷기에 대한 일화가 수두룩하다. 『겨울 산책』을 쓴 윌리엄 쿠

퍼(William Cowper), 소로(H. D. Thoreau), 존 버로스(John Burroughs), 리처드 제퍼리스(Richard Jefferies), 아덴(Arden) 숲의 발견자 해밀턴 라이트 마비(Hamilton Wright Mabie), 헨리 반 다이크(Henry Van Dyke), 이들 모두 산책 길동무로써 어디에 내놔도 손색없다.

첫 산책, 버마에서
걷기의 묘미를 처음 맛보다

내가 기억하는 한 첫 번째 산책은 다소 호기심 충만한 것이었다.

버마에 있을 때 일이다. 버마에서 걷기의 경우 동트기 전이나 해가 지고 난 후에 야외 활동을 해야 한다. 그 외의 시간에는 야외 활동이 도저히 불가능하다.

나와 일행은 아침 식사 전 산책에 나서곤 했다. 문을 나서면 애완 고양이가 항상 따라 나왔다. 코가 날렵한 '토디 캣'(그들은 그렇게 불렀다)이라는 토착종으로 북미산 너구리를 닮아 아주 애교스럽고 깔끔한 놈이었다. 그런데 우리 일행 중에는 고양이 외에도 다른 녀석들이 있었다. 언제나 사납게 소리 지르며 우리 머리 위를 맴돌며 따라오는 놈들. 바로 솔개 떼였다.

나는 당연히 호키포키(우리가 기른 앙고라 고양이)를 잡아먹으려는 천적이라 여겼다. 지금 생각해보면 참 우스꽝스러운 광경이다. 맨발의 일가족, 그 뒤로 꼬리를 한껏 치켜든 겁 없는 고양이, 머리 위에서 귀가 아플 만큼 그악대는 솔개들.

인도에서 걷기의 즐거움을 재발견하다

그다음 산책 코스는 인도의 블루 마운틴이라 불리는 닐기리스(Nilgiris)였다.

아, 그곳은 정말 아름다운 곳이었다. 2~2.5킬로미터에 달하는 해발 고도는 열대 태양을 누그러뜨렸다. 아침은 산뜻하고 생기를 북돋웠다. 1년 내내 봄이 온 듯했다. 장미가 무더기 무더기로 뒤엉킨 울타리는 1년 내내 환하게 빛났다. 오렌지 나무엔 잎사귀, 꽃봉오리, 그리고 여물어 가는 열매가 연중 매달려 있었다. 원예용 가위로 손질된 덩치 큰 덤불에서는 헬리오트로프(heliotrope)가 자랐다.

실개천은 조잘대며 우리가 사는 집 뜰을 감싸 안고 흘렀다. 실개천은 사방팔방 몸집을 불리더니 이윽고 잔잔한 저수지 안으로 흘러 들어갔다. 사초(莎草)가 무성한 저수지가에서는 우아한 잔을 치켜든 녹색 줄기의 아룸(천남성과 식물. 옮긴이)이 한껏 자태를 뽐냈다.

깊은 골짜기에는 나무고사리가 자랐고, 폭포는 언덕

에서 요동치며 힘차게 뛰어내려 여기저기로 흩어졌다. 온 세상이 초록이었다. 사실 초록색이 아닌 것이 두 가지 있었다. 하나는 뜨겁고 옅은 안개가 낀 평지. 그곳은 언덕배기에서 내려다보면 노란 흙먼지에 싸여 흐릿흐릿했다. 나머지 하나는 거대한 드룩(droog), 즉 입 다문 채 침울하게 머리에 머리를 맞대고 있는 웅장한 산맥이다. 그 반대쪽에는 깊은 협곡이 있다. 드룩은 자줏빛이었다. 꽃잎처럼 투명한 자주가 아니라 자두꽃처럼 검푸른 색이었다. 아, 하나같이 굉장한 풍경이었다.

우아한 화관(花冠)이 쪼글쪼글해지기 전, 곧 한낮이 열기를 뿜기 전, 북쪽 베란다를 한껏 장식했던 메꽃들을 잊을 수 없다. 이들은 오르간의 음조처럼 사람을 휘저어 놓는 중저음의 초록 빛깔을 띠었다. 소프라노 톤의 핑크 빛깔도 있었는데, 어쨌든 튀어 보이려고 애쓰는 모양이 바이올린 현 위의 피아니시모 진동음 같았다. 귀에 들릴 듯 말 듯한 아름다움. 그것은 감각 기관을 통과한 후 미지의 내부 신경 센터에 도달해 감성을 자극한 후 말문을 막아버린다. 그게 바로 인도였다.

동양의 매력 속에는 어떤 격정이 있다. 서양인은 쇠붙이로 된 자물쇠로 흥분된 가슴을 잠그려는 경향이 강하다. 이와 달리 동양인은 강렬한 포옹으로 영혼을 붙잡아 둔다.

아 인도, 사랑스러운 인도. 내 첫 번째 유모이자 마지막 유모, 인도. '수중에 잠겨 보석 빛을 발하는 도시 광산이 없다면' 나는 그대를 볼 희망을 접을 겁니다. 경애하는 인도여. 늙고 위엄이 가득한 땅. 고대로부터 이어진 카스트제도와 이질적인 종교들의 땅. 관습, 신화 그리고 마법의 땅. 코끝을 찌르는 향기와 혀끝이 얼얼한 맛, 태양처럼 이글거리는 색채의 땅. 미스터리, 화려한 행렬, 그리고 무엇보다 고통의 땅! 아, 가늠할 수 없고, 마음을 사로잡는, 유혹하는 인도!

인도는 삼손의 사자처럼 젊고 건장한 서양에 정복당하고, 정복자에게 살덩어리와 피를 빼앗겨 결국 뼈만 앙상한 시체로 남았다. 그래도 인도는 서양에게 수수께끼 같은 존재다. 덧붙이자면 인도에는 삼손의 어린 암소와 더불어 밭을 갈고 땅을 일구는 사람들이 있다.

영국 전원의 샛길에 흠뻑 빠지다

인도 다음의 산책지는 영국이다. 크기로 치자면 브리티시 제도(영국 북서 해안 수천개의 섬과 아일랜드를 일컫는 지역. 옮긴이)는 아마도 한 나라에서 가장 다채롭게 트램핑(장기간 도보 여행. 옮긴이)할 수 있는 지역일 것이다. 반경 수백 킬로미터 안에 무한대의 다채로움이 존재한다. 끝없이 굽이치는 언덕, 고요한 삼림, 더비셔(Derbyshire)의 무수한 구릉, 웨일즈의 험준한 산악, 더번셔(Devonshire)의 쭉 뻗은 길들, 웨스트모얼랜드(Westmorland) 또는 컴벌랜드(Cumberland)의 호수들. 이 모든 것들은 고요함을 추구하는 이들에게 안성맞춤이다. 조금 더 용맹한 이들에겐 야생 그대로 사람 손이 타지 않은 풍광을 간직한 북부 섬도 마음에 들 것이다. 그리고 정처 없는 바다를 사랑하는 이들은 해변 어디를 가도 만족할 것이다.

• • •

흔히 유럽 대륙 사람들은 잉글랜드의 평탄한 대로 외에는 걷기를 주저한다. 나는 결코 그렇지 않다.

사실 영국 시골 마을을 가로지를 때, 어느 곳이든 활보할 수 있으리라는 기대는 하지 않는 편이 좋다. 비글이라는 개를 앞세우지 않는다면 말이다. 그곳엔 무수한 샛길과 말이 달리는 길이 있다. 들판을 지나면 목장과 목책 그리고 농장이 나오고, 또 들판, 울타리, 디딤계단, 농장이 나오는데, 걷다보면 쉽사리 그 속으로 들어가버리기 십상이다.

수백 년에 걸쳐 대대로 물려주고 물려받은 땅들이라 농장주 대부분은 매우 너그럽다. 그 까닭에 이방인이 그들의 소유지 안으로 무심코 발을 들여놓아도 저지당하지 않는다. 단지 길을 가로지르고 또 가로지르기만 해도 누구나 꽤 긴 거리를 여행할 수 있다. 그렇지만 그게 가능하려면 어느 정도 지역 풍습에 대해 알고 나서야 하는 건 물으나 마나 한 일이다.

세상으로부터 외따로이 움푹 들어가 있는 곳으로 들어가는 숨겨진 입구 하나를 공개하겠다.

런던은 북서쪽으로 억스브리지(Uxbridge)까지 이어져 있는데 거리가 대략 32킬로미터가량 된다. 억스브리지까지는 거주지가 끊이지 않고 이어져 있다. 억스브리지를 지나치면 길은 거칠어지고, 땅은 메말라 있다. 그다지 재미없는 길이다. 무료함에 걷다보면 교차로가 나온다. 교차로 주변 길 가에 집 한 채가 덩그러니 서 있다. 그 집 오른쪽으로 눈길을 돌린 후 유심히 쳐다보면 가뭇가뭇 무엇인가 시야에 들어온다. 허리를 푹 숙인 나뭇가지들이 만든 그늘 밑, 마치 나뭇가지가 뭔가를 숨긴 것처럼 단조로운 디딤 계단이 있다.

그 디딤 계단을 한번 올라가 보면 딴 세상이 펼쳐진다. 장엄하고 고요한 세상. 그곳은 지나온 곳들과 동떨어진 세계로 들어가는 관문이다. 그곳을 지나면 너도밤나무와 전나무가 빽빽이 우거진, 몇 제곱미터 안 되는 숲이 나온다. 나무는 하늘을 전부 가릴 만큼 우거져 세상이 온통 그늘인 듯한 착각을 불러일으킨다. 더할 나위 없이 아담한 덤불 앞에 서면(당신이 런던 거리를 막 벗어났다는 사실을 감안하면) 서양의 원초적 숲을 체감하게 된다.

그 숲에 살포시 안긴 호수는 주변 지방보다 높은 곳에 있지만, 흔히 그렇듯 구름이 점점이 박힌 하늘을 반사하며 채색 솜씨를 뽐낸다. 호수 테두리를 빙 둘러 너도밤나무들은 가지를 축 늘어뜨리고 있다. 그 호수와 파크(park, 영국의 파크는 대평원이다. 옮긴이)는 전형적인 잉글랜드풍이다. 땅은 물론 사유지이다. 하지만 땅 주인은 어떤 나그네가 사유지 안으로 들어오더라도 밀어

내지 않는다. 권리를 좀처럼 포기하지 않되 배타적으로 휘두르지 않는 것. 이 또한 잉글랜드풍의 전형이다.

경이로운 잉글랜드의 봄날 아침을 걷다

잉글랜드를 모르는 이들을 위해 일기 한 페이지를 살짝 보여주려 한다. 서식스(Sussex) 구릉지에서 하릴없이 시간을 보낸 어느 아침에 대한 기록이다.

포이닝스 마을, 로얄 오크 여관,
18**년 3월 27일, 11시 30분

앳된 여급이 내가 앉은 식탁 한편에서 달걀과 베이컨을 차리고 있다……

나는 일찌감치 브라이튼(Brighton)을 출발해 해삭스(Hassocks)와 허스트피어포인트(Hurstpierpoint)를 지나 길이 이끄는 대로 이리저리 한가로이 거닐었다. 그러다 디딤 계단을 지났고, 샛길과 호젓한 산책로를 따라 걸었다.

굉장한 날이었다. 비가 온 뒤 하늘은 푸르디푸르렀다. 하늘을 가로지르며 하얀 구름이 노를 저으며 나아갔다. 구름의 그림자는 목초지 위에서 서로 쫓고 도망치며 놀았다. 거들먹거리기는 하지만 위엄을 잃지 않았다. 웃자란 옥수수가 촘촘히 서있는 초록 들녘은 햇빛을 받아 반사되어 반들거렸다. 목초지는 이런저런 색상이 뒤섞이며 한결 짙어졌다. 구릉지의 비탈은 매 순간 밝아졌다 어두워지기를 반복했다. 밭고랑도 햇빛이 비추는 방향, 혹은 옅은 구름이 머무는 방향에 따라 수시로 변했다. 그러다 짙고 큰 구름이 드리운 그늘 속으로 폭 숨기도 했다.

큰길 옆 도랑과 제방은 수백 가지 작은 풀과 잡초로 파랬다. 큰길 저편에는 깔끔하게 손질된 관목 울타리가 늘어서있다. 토끼풀, 쐐기풀, 개쑥갓, 각양각색의 담쟁이, 뮤레인(mullein, 버배스컴 속의 식물. 옮긴이), 잎이 무성한 오리나무, 산사나무 따위가 여기저기에서 꽃을 피우고 있었다.

아침식사 끝. 가장 맛있는 베이컨과 가장 신선한 달걀, 더불어 크림이라 해도 깜빡 속아 넘어갈 우유. 이 모든 것을 융숭하게 대접받아 맛있게 먹었다. 벽난로에서 이글거리는 불꽃, 친구를 사귀고 싶어 안달하는 테리어 강아지. 이 둘이 없다면 나는 버림받은 채 고요한 고독 속에 홀로 남겨졌을 것이다.

울타리의 초록은 아주 볼만했다. 울타리 군데군

데 앵초와 제비꽃이 무성하고, 그곳으로 새들이 내려와 앉았다. 잉글랜드는 생기를 가득 품고 있다. 개똥지빠귀 우는 소리를 들었다. '봄이야, 봄. 이렇게 즐거울 수가. 진짜 봄, 봄, 봄이란 말이야.'

찌르레기들이 짐짓 놀란 듯 관목 속에서 우지진다. 소리 지를 핑곗거리를 찾는 것일는지도 모른다. 고리무늬목 비둘기나 한 무리가 성가시다는 듯 요란한 날갯짓을 하며 날아올랐다. 연이어 떼까마귀들이 흩어졌다. '까악까악! 깍깍!' 무슨 일이라도 벌어진 것처럼 목청이 찢어질 듯 소리 지르며 날아갔다. 나는 감탄에 빠져 그 광경을 5분가량 우두커니 바라보았다. 투덜대는 박새, 짹짹거리는 울타리참새, 삑삑 우는 홍방울새와 되새. 여기도 수백 마리, 저기도 수백 마리.

이 풍경을 살짝만 엿보아도 세계 어느 곳에서나 볼 수 있는 장면은 아니란 것을 알 수 있으리라. 포이닝스 마을과 흡사한 곳을 한번 찾아나서 보라. 그땐 스스로, 또 두 발에만 의지해 찾지 않으면 안 된다. 초기 수직교차 양식의 영국 교회를 만나게 되면 꼭 한번 둘러보라. 그곳에는 낡은 고대 향로가 구호함으로 사용한다는 사실을 잊지 말라.

가을 환상곡, 적막은 대자연의 놀라운 힘이다

지금까지는 봄 이야기였다. 사실 잉글랜드의 가을도 봄과 다를 바 없이 사랑스럽다.

아메리카 신대륙에서-적어도 북부 지역에서-한 해가 저물어 가는 시기엔 한기가 몰려온다. 만년 빙하의 한가운데에서 생겨나 툰드라와 프레리 위를 날아온 차가운 북서풍은 걸프만 앞에서도 기세를 누그러뜨리지 않는다. 구름과 습기에도 기가 꺾이지 않는다.

북서풍은 살을 에고, 잎사귀 한 점 없는 누드화 같은 풍경화를 그린다. 북서풍은 머잖아 수개월 동안 경치가 실제로 헐벗게 되리라는 예감을 몰고 온다. 그 밖엔 경치는 눈(雪)으로 짠 새하얀 수의를 입게 될 것이다.

잉글랜드의 가을은 신대륙과 전혀 다르다.

나는 템스 강 유역에 머무르며 이 글을 쓰고 있다. 작렬했던 지난여름의 영화(榮華)가 서서히 사그라지는 모습을 수주일간 지켜봐왔다. 바야흐로 가을이 깊어지는 즈음이다.

앞으로 다가올 영화는 색상으로 따지자면 여름만큼 훌륭하진 않을 터이다. 그래도 무색의 잉글랜드란 상상하기 힘들다. 아니, 잉글랜드의 컬러는 사시사철 포근하고, 달콤하며, 위로를 준다. 습기 많은 기후 탓에 순식간에 자라는 미세한 기생식물과 이끼 따위가 붙은 나무는 가지마다 보라색, 갈색, 초록색이 뒤섞여 포근하다. 위대한 자연은 부드러운 손으로 어루만져 나무 말뚝, 냇가 돌계단, 심지어 벽돌담조차-인간이 만든 것이라면 무엇이든-부드럽게 만든다. 그래서 검버섯 피듯 페인트는 얼룩덜룩하고, 널빤지는 닳아빠진 나머지 굳은 표정으로 노려보는 건물들이 모인 곳에서도 컬러의 조화를 만끽할 수 있다. 제비꽃은 초록으로 무르익고, 풀밭은 옅은 노란색으로 물들기 시작할 무렵, 사방은 다시 오렌지빛, 금빛, 붉은 빛을 발하며 아름답고 포근하게 변한다.

길고 긴 방랑길에 너도밤나무가 우거진 버킹엄셔(버킹엄을 포함한 그 주변 지방. 옮긴이)를 지나던 어느 날, 눈과 마음을 꽉 채우는 아름다움에 걷다, 멈추다를 반복해야 했다. 어떤 펜으로도 그것을 제대로 형용할 수 없을 것이다. 아마 화가 가운데 코로(Corot. 프랑스 화가로 풍경화로 유명. 옮긴이)만이 그 절경의 미세한 부분과 부드러움을 재현할 수 있을 것이다.

대지에 내려앉은 장엄한 안개. 소리 없이 다정한 안개는 산책자에게서 지평선과 그 너머 세상의 경계를 앗아 가버린다. 그리하여 산책자는 저 너머 세상과 단절된다. 안개는 산책자를 적막의 한가운데로 이끌며 적막을 숭배하게 만든다.

적막은 대자연의 놀라운 힘이다. 그건 내가 말로 옮길 수 없는 묵시적인 힘이다. 나는 단지 손으로 가리키기만 할 뿐, 그처럼 조그마한 사물이나 비전은 미와 신비의 상징물로써 눈에 보이지 않는다.

눈을 돌려 농수로에서 작은 담쟁이 넝쿨을 보았다. 또다시 울타리에서 셀 수 없는 이파리, 줄기, 덩굴손을 보았다. 저마다 생김새, 질감, 컬러가 달라 마치 어떤

신비, 신성함이 느껴질 정도였다. 100여종 식물의 가지가 얼기설기 엉켜 단단해진 울타리는 사람이 아무리 타고 오르거나, 가지를 치고 잘라도 훼손되지 않는 불가사의 그 자체이다.

울타리 따라 걷다보면 발걸음 떼는 곳마다 장미가 울타리 밖으로 고개를 쑥 내민다. 울타리 양쪽으로 나이든 느릅나무가 위엄 있게 서있다. 어마어마한 허리둘레, 쭉쭉 뻗은 신장. 머리 위로 가지를 사방팔방 늘어놓은 느릅나무 옆에 선 나는 영락없는 피그미족이다. 그 구절양장 길을 걷노라면 흡사 숭배해야 할 신전에 들어선 듯하다. 그 신전에서 숭배의 마음을 불러일으킨 것은 육신의 눈으로는 포착되지 않는 무엇이다. 도대체 그것은 무엇일까.

아침이 정오를 향해 성큼성큼 다가가고 태양이 힘을 키우자 부드러운 안개는-나와 내 주위 모든 것 위에 위로하듯 올려놓은 천사의 손처럼-신기하게도 순식간에 자취를 감추었다. 그 상큼한 사랑스러움이란. 사방이 초원이고, 풀은 무성했다. 풀이 성긴 곳엔 한껏 자란 수만 그루의 옥수수 꼭대기 위로 총알이 스쳐지나간 것처럼 골이 푹 팬 들길이 보였다. 그곳엔 오크나무, 느릅나무, 너도밤나무의 풍성한 잎들이 군데군데 수북이 쌓여 있었다. 오렌지색과 적갈색이 찬란했다. 구름 사이로 삐져나온 햇살을 받아서 반질반질하게 닦아놓은

금괴처럼 반짝거렸다.

이처럼 아담하고 고요한 광경이 수 킬로미터에 걸쳐 내 눈과 마음을 가득 채웠다. 난 넋을 잃었다가 감탄하다가 겸손해지곤 했다.

이 광경이 준 매혹의 비밀은 어디에 있는 걸까? 들판과 산울타리, 굽이치는 길, 우거진 나뭇가지는 왜 사람의 감성을 자극할까?

자연은 인류의 자궁이자 무덤이다

적어도 한 가지는 분명하다. 한 사람씩 떼놓고 보면 나약하고 잘 우는, 유한(有限) 존재인 우리 인류에게 상냥하면서 가혹한 '외부 자연'은 어머니요, 요람이요, 집이다. 우리는 그로부터 탄생했고, 그 안에서 즐기며, 그로부터 생명력을 얻어낸다. 그리고 그 속으로 우리는 사라진다. 이 때문에 자연은 우리의 무덤이기도 하다. 하지만 무심하게 나란히 줄맞춰 있는 '슬픈 둔덕'은 마치 호모 사피엔스라 불리는 무력한 존재가 저승에서 복장이나 키가 하나같이 똑같은 적을 만난다는 사실을 신 앞에서 역설하는 것을 연상시킨다.

외부 자연에는 부활이 끊이지 않는다. 자연은 삶의 무덤이자 자궁이다. 한때 흙, 비, 빛이었던 것들은 풀이 된다. 그다음에는 건초로, 또 쇠고기나 양고기나 우유로, 이윽고 뼈와 살이 되고, 그 들판에서 뛰노는 아이들의 웃음과 눈물이 된다. 뼈와 살이 삶이라 불리는 불가해한 존재를 내려놓을 때, 뼈와 살이 정신을 포기하고 무기력하게 드러누울 때, 뼈와 살은 다시 한 번 자연의 무덤과 자궁 속으로 들어간다. 그리고 이 거대한 순환은 새롭게 시작된다.

• • •

'영혼(spirit)'은 자연의 바깥에 존재하거나 자연과 분리된 것이 아니다. 영혼은 탄생의 순간 인간에게 불어넣어지는 숨결이다. 그리고 죽는 순간 천국이나 지옥으로 사르르 날아간다. 실제로 위대한 자연에는 흙과 풀, 햇빛 형태로 자신을 드러내는 행위가 내재한다. 자연이 이른바 인간의 삶이라 불리는 것으로 변형될 때, 감정과 상상, 느낌, 신념으로 자신을 드러낸다. 모든 실재하는 것은 자연으로부터 나온다.

• • •

나는 그날을 잊지 못한다.

나는 걷고 있었다. 그때 불현듯 무엇인가가 강렬한 섬광처럼 내 뇌리 속으로 파고들었다. 온 우주가 살아있다는 사실, 바로 그것이었다. 우주는 '생명'이었던 것이다. 측정 가능한 유형의 '물질'과 측정할 수 없는 무형의 '마음', 상이한 두 가지의 결합체가 아니었던 것이다. 이런 이분법으로 자연을 설명할 순 없다. 모든 것이 무형이며, 영적(靈的)이고, 또 살아 숨 쉰다. 내 몸의 분자 하나하나가 살아 숨 쉬듯 말이다. 그 분자들은 자연으로부터 왔다. 그렇기 때문에 내가 생명을 창조하는 게 아니라, 생명이 그 분자들 속에 잠재적인 형태로 내재하고 있다. 내 육신이라는 것은 생명의 한 형태가 다른 형태로 변화한 상태에 지나지 않는다.

우리가 '생명'이라 부르는 것은 과정이다. 섭식과 섭식 행위를 하는 개체의 번식을 통해 쉼 없이 움직이는 과정이다.

귀리가 자라는 들녘을 예로 들어보자. 이제 막 흙 속에서 튀어나온 가냘픈 귀리 이파리들은 단지 들녘을 구성하는 한 요소이기만 한 걸까. 공기 중에 혹은 흙 속에 있는 규소, 인, 산소, 질소, 탄소 그리고 정체 모를 기타 등등은 돌아오는 7월이면 글루텐과 단백질로 변할 것이다. 가장 첫 번째 귀리 씨앗의 기원에 대해 다른 사람과 왈가왈부해야 한다면, 나는 이렇게 주장할 작정이다. 만약 씨앗이 적어도 들녘으로부터 솟아난 것이 아니라면, 초지구적-육지를 초월한-기원이란 아무런 설득력이 없다고 말이다. 아레니우스(스웨덴 화학자. 옮긴이)가 주장하듯 씨앗이란 우리 시야에 들어오는 우주 안 어떤 곳으로부터 솟아난 게 아닐까. 우주 저 너머로부터가 아니라.

자, 그럼 한번 되짚어 보자. 글루텐과 단백질 단계의 귀리는 흙, 공기 및 햇빛 등의 혼합물로 전혀 다른 형태

이다. 그다음 당신 앞 접시에 담긴 귀리죽이 있다. 당신은 귀리죽을 떠먹는다. 그러면 귀리는 '당신'이 된다. 당신과 나는 서로 별개의 '외부 자연'이다. 우리의 감각과 마음이 지금보다 더 강력한 식별력, 이해력을 보유하게 된다면 우리는 귀리의 모든 단계에서 발생하는 변형 과정을 식별할 수 있을 것이다. 뿐만 아니라 귀리의 구성 성분은 비물질적이고 영적(그것이 무엇을 뜻하든지)이라는 점도 파악할 수 있다. 그리하여 마침내 우리들 자신, 귀리죽, 귀리, 흙, 지구, 즉 온 우주는 하나이자 신비 그 자체라는 사실을 확인할 수 있다.

우리가 생명이라 일컫는 외부 물질의 영혼은 인간과 마찬가지로 자연 속에 실재한다. 그것은 가늠할 수 없고 신성하다. 우리의 사고를 뛰어넘는다. 온전한 하나이면서 하나의 부속물이다. 그 자체로 존재하는 '하나'이면서 그 자신에게 '넌 무엇이고 어디서 왔느냐'고 자문하는 하나이다. 시간과 공간의 양상에 따라 자신을 드러내고 무한한 형태로 자신을 드러낸다. 생명은 구현하는 것이자, 구현되어지는 것이다. 생각하는 존재이자, 생각되어지는 존재이다.

걸으며, 명상하며 나를 넘어 서다

그런데 이처럼 경험세계 바깥의 초월적, 초우주적인 주제들이 인생의 행위와 위안에 어떤 도움이 된다는 것인가. 우리가 나아가는 길에 어떤 빛이 되는가. 그 주제들이 가리키는 목적지는 어디인가.

이런 질문들에 굳이 대답할 필요는 없을 터이다. 목표가 분명하고 목표가 미리 결정된 경우를 제외하곤, 연구과정과 이론화 작업이 있어야 새로운 길이 발견되고 멀리 떨어진 목적지가 또렷이 보이는 법이다.

하지만 이와 같은 것들에 대한 명상은 내게 모종의 위안을 가져다주었다. 비록 나의 명상은 방법상 조잡하고, 형식상 불완전하고, 희미한 윤곽 그리기에 불과한 나머지 진실에 어렴풋하게 다가갔을 뿐이지만 말이다. 나는 명상을 통해 진부하고 일회적인 것들로부터 벗어났다. 무엇보다 나는 명상을 통해 지구중심적 사고에서 벗어났다.

무수한 종교와 무수한 교리는 나를 이 작은 행성에

서 옴짝달싹 못하게 만든다. 저 하늘에 얼마나 많은 초록별이 있을까? 거기에 지구상에 머물렀던 죄인이 살고 있을까? 만약 있다면, 전능한 신은 얼마나 많은 사자(死者)를 데려간 것일까?

우리는 기독교 세계 바깥으로 여행한다 할지라도 이 조그마한 지구가 여전히 사고방식의 중심이자 '살아있는 것들'의 거대한 드라마가 상연되는 유일한 무대로 간주된다는 것을 알게 된다. 왜냐하면 수많은 종교와 철학은 인간 개개인으로써의 고립성을 강조하고 기술이 우주공간 속 작은 점을 넘어서지 못한다는 것을 강조할 뿐이기 때문이다.

• • •

그러나 이 같은 초월적 주제들은 실용적이기도 하다. 당신의 믿음이 무엇이든 상관없이 당신을 저쪽이 아닌 이쪽으로 걸어가도록 명령하고, 당신이 옳은 일을 하면 박수치며, 그릇된 일을 하면 꾸짖는 내적 감시자, 즉 양심은 살아가는 데 어떤 쓸모가 있는 걸까.

양심이 인류의 진화된 컨센서스라는 시각이 있다. 그 컨센서스는 종족 번영에 도움되는 행위만이 옳고 그 나머지는 나쁘다고 단언한다. 처벌과 제재도 그 같은 잣대로 적용된다.

또 다른 시각도 있다. 다소 공상적인 시각인데, 양심

은 우리 자신에게 향한 무수한 인간 동료의 들리지 않는 목소리일지 모른다는 것이다. 우리가 그들에게 상처줄 때 그들은 우리 영혼의 귀에 따스하고 영적으로 소리친다.

세 번째 시각은 우주적 시각이다. 그에 따르면 양심은 반드시 따라야 할 정언 명령이다. 정언 명령은 총합을 이루고 있는 느슨한 일부분인 개인들에게 총합으로써 결집된 행동을 하라고 지시한다. 그리고 느슨한 부분인 개인들은 역사와 운명에 참여한다.

하지만 나는 이에 동의하지 않는다.

콘트라스트의 나라,
캐나다의 봄을 걷다

그다음 도보 여행지는 지구 반대편이었다. 바로 캐나다이다.

캐나다는 여러모로 흥미로운 나라 가운데 하나이다. 이질적인 지역공동체들의 집합체인 캐나다는 고만고만한 속령의 위치에서 수십 년 사이에 자의식 강하고 의기양양한 국가의 위치로 발돋움했다. 그 콘트라스트(contrast, 대비, 차이. 옮긴이)는 괄목상대할 만하다. 사실 캐나다는 콘트라스트의 나라다.

기후, 풍광, 정서, 국민, 정치 등에서 특이한 양극단이 즐비하다. 열대풍 부는 여름에 뒤이어 북극풍 부는 혹한이 찾아온다. 비옥한 방목지 저쪽에서 산더미 같은 빙하가 쭈욱 미끄러져 내린다. 알프스 산맥과 어깨를 견줄만한 산악지대의 발치까지 주름 한 개 없는 초원이 펼쳐진다. 단아한 벌판, 과수원, 그리고 포도밭은 원시의 숲을 잠식해 들어간다. 알차게 영근 사과와 세계 최고 품질로 널리 알려진 매니토바 밀 외에도 딸기,

복숭아, 포도, 멜론 등이 풍부하다. 주민들은 기질상 영국과의 교류에 흡족해 하지만 사고방식, 생활방식은 속속들이 아메리카의 영향을 받았다.

캐나다 거주민은 그 나라만큼이나 이질적이다. 극동해안 지방 사람들은 자신들을 캐나다인이라 부르는 일이 거의 없다. 퀘벡 사람은 뼛속들이 프랑스인이고, 온타리오 사람은 뼛속 깊이 캐나다인이다. 마찬가지로 매니토바 사람도 캐나다인이다. 북서부 지역은 온갖 유럽 국가 출신들이 이주해서 산다. 가장 서쪽 지방인 브리티시 콜롬비아 사람은 캐나다식 성씨를 피한다. 뉴펀들랜드는 육지로부터 떨어져 있다. 거칠고 힘겨운 삶을 살지만 교양과 문화에서 손을 떼지 않는다.

캐나다산 치즈는 시카고에서 상을 받은 적이 있다. 캐나다 시(詩)는 학회에서 1등을 차지하기도 했다. 민주적 제도가 찬양되는가 하면 급진주의도 공존한다. 또 캐나다에는 신분제가 엄존하고, 맹목적인 원칙을 신봉하며, 상대방을 적대시하는 파벌들도 존재한다. 정치 시스템을 따지자면 영국과 쌍둥이지만 영국보다 더 개성 강하고 선거 반대운동이나 부패 관련 소송도 많다.

하지만 나는 정치적이거나 사회적인 풍조에는 별로 관심이 없다.

• • •

캐나다에 도착한 지 얼마 안 된, 어느 봄날 나는 카누 타기에 흠뻑 빠져 있었다. 나는 카누를 타고 오토나비 강을 내려가다 이름 모를 강둑에서 내렸다. 나는 텐트를 쳤다. 그리고 그곳을 사방 어디든 돌아다니다가 되돌아올 베이스캠프로 삼았다. 나는 앞으로 빈둥빈둥 놀고, 터벅터벅 산책하며 시간을 보낼 터였다. 보이는 모든 것을 눈 속에 담으며…….

그곳에서 보았던 것은 무엇이었던가. 생각을 더듬어 본다.

나는 지금 태양과 바람을 피해, 강이 내려다보이는 벌거숭이 언덕 위에 타다 남은 소나무 그루터기에서 앉아있다. 그러면서 이 글을 쓴다.

볼거리가 변변치 않는 장소라고 말하겠지만, 천만의 말씀이다. 회반죽이 덧칠된 천장과 카펫이 깔린 바닥, 벽지가 발라진 사면의 벽 안에 갇혀 있는 당신은 구름이 덧칠된 하늘을 결코 알지 못한다. 머리 위에서 지평선까지 무한대로 뻗은 그 하늘을 보며 내가 알게 된 것을 당신은 알 리 없다.

머리 저 위로 새파란 하늘 위에 미세한 습기를 머금은 권운이 점점이 박혀있고, 저 멀리 묵직한 적운이 잿빛 안개 위로 둥그스름하게 솟아오른다.

그 맞은편에 진한 초록색 전나무와 머리가 둥근 자작나무와 에메랄드빛 산허리가 점으로, 직선으로, 곡선으로 서있다. 그 아래로 물이 흐른다. 냇물은 내 쪽으로 다가오면서 주름이 졌다 펴지고, 조용했다 시끄러워지고, 검푸른 듯하더니 회색이 되고, 소용돌이치다 차분하게 흘러간다. 물이 흐르다가 보조개처럼 푹 꺼지고, 거울 표면처럼 잔잔히 흘러가곤 한다. 수천 개의 플래시가 눈부실 정도로 팡팡 터진다. 그건 표류하는 별들이다. 그 위로는 크고 어두운 나무 그림자가 무심하게 서있다. 당신은 이 모든 게 순간적이거나 찰나의 사건이라고 말할지 모른다.

푸른 하늘이 내게 주는 것은 신의 상징이다. 고요함, 무정형, 심오함, 영원한 휴식, 불변성, 포용성, 장엄함, 물이 내게 주는 것은 인간의 상징이다. 요란함, 형태, 일상적 다툼, 변화무쌍, 쉼 없음, 덧없음, 물에서 천상의 빛을 앗아 가버리면 칠흑 같은 어둠과 막 자란 잡초만 남아 우울하고 비참할 것이다. 물은 하늘로 치장해야 비로소 아름답다.

내 발아래 전경은 폭신폭신한 잔디와 맨땅이 어우러져 묘한 조화를 빚어내고 있다. 민들레, 클로

> 버, 멀레인이 피어 있고, 기괴한 화강암 덩어리와 기묘한 모양의 썩은 나무줄기가 산재해 있다. 그 사이로 개똥지빠귀와 직박구리가 겁 없이 통통 뛰어다닌다. 이들은 내 발치에서 벌레를 쫓느라 여념이 없다. 나는 아무런 소리도, 아무런 움직임도 없이 가만히 앉아있다. 반쯤 감은 눈으로 그 모습을 지켜본다. 어느새 내가 기댄 나무 등걸 위로 총천연색 딱따구리 한 마리가 내려앉는다. 거짓말 하나 안 보태고 말하자면, 마치 자연이 나를 여기로 끌고 온 것만 같다. 자연은 나를 그 자신의 광대함 가운데 한 부분으로 여기며 나를 단짝이나 동반자로 대해주었다.

과연 내가 자연의 한 부분일까.

세상 만물을 인식하기 위해 굳이 위대한 자연법칙의 작동방식을 이해할 필요는 없다. 지구 위 어느 곳을 보더라도 진리는 스스로 증명되기 때문이다. 나는 한걸음도 움직이지 않고 그 증거를 보여줄 수 있다. 내가 앉을 그루터기로 예로 들어보자.

2.5제곱센티미터도 채 안 되는 공간에는 생명 속 또 다른 생명이 가득하다는 사실을 알 수 있다. 다른 생명에 스며들어 그 생명을 의지하며 살아가는 생명. 달리 말해 '관계를 맺는 생명'이 가득하다. 또 생장소멸의 무

한반복을-과정과 과정이 서로 연관된-보여주는 신호가 가득하다는 사실을 발견할 수 있다. 이른바 과정들의 세계이다. 그 과정 속에서 우리가 살고 있다. 서로 동떨어진 낱개들이 잠깐 머무는 세계가 아니라 상호의존적인 존재들로 관계가 맺어진 '생활의 세계'이다.

나무줄기를 볼 때마다 이끼, 양치식물, 기어 다니는 개미, 딱정벌레, 벌레 구멍, 딱따구리 부리 자국, 번데기, 씨 등을 발견한다. 이 미물들에게 나무줄기는 그들의 세계이다. 우리가 태양계에 대해 생각하는 것과 비슷하게 그들도 나무줄기를 그들을 위해 조성된 서식지로 여긴다. 그들은 나무가 생명과 사고의 거대한 전체의 한 부분이라는 사실을 모른다. 또한 나무줄기가 끝없는 존재의 사슬을 잇는 하나의 고리에 불과하다는 사실도 모른다.

우리는 곧잘 무한대로 변화무쌍한 이 세계를 우리 집, 우리 서식지, 우리 것이라고 부른다. 또한 이 세계에서 우리는 주인이나 영주 노릇을 한다. 하지만 우리는 이 세계가 결국은 진정한 대영주가 관할하는 영지의 코딱지만 한 땅뙈기 하나일 뿐이라는 사실을 자주 간과한다. 그런데 우리가 그 영지의 관리인조차 못되는 처지라면? 우리가 조그만 다락방에 놓인 가구, 가령 거울 같은 것에 지나지 않는다면? 그렇다면 우리가 세계라고 일컫는 곳이 다락방의 한 구역에 불과하지 않겠는가.

캐나다 조지아 호수를 따라 걷다가 우주로 빨려들 뻔하다

봄날 이야기는 여기까지다. 캐나다에서 가을 도보 여행에 나선 적도 있다. 행선지의 지역색과 두 눈을 사로잡은 풍경은 봄과는 사뭇 달랐다.

어느 해 10월 말 나와 내 친구는 3일간 휴가를 얻었다. 가물에 단비였다. 우리는 기차를 타고 온타리오 주의 작은 마을 스테이너(Stayner)에 도착했다. 스테이너에서 조지아 만(灣) 호수까지 5킬로미터 거리를 터벅터벅 걸었다. 발걸음이 무거웠다. 기차가 연착하고, 어깨에 멘 냅색은 무겁고, 해는 기울어 어둠과 배고픔이 동시에 몰려왔기 때문이다.

힘들게 호숫가에 당도했다. 대단한 강기슭이 나타났다. 강기슭에서 북쪽 저 멀리까지 온통 물의 나라였다. 대양만큼 크고, 바다처럼 사납고 미스터리했다.

걷는 도중 밤이 우리를 에워쌌다. 꽤 아름답고, 맑고, 깊은 북녘의 밤이었다. 하지만 어둑어둑해지고 추워져서 우리는 발걸음을 재촉해야 했다. 그렇지 않으면 가까운 곳에 피신처를 마련할 판이었다. 가지 우거진 소나무 아래 잠시 기댈 곳을 마련할 것인가, 아니면 문명화된 여인숙까지 이 악물고 걸어갈 것인가. 우리는 세월에 마모된 통나무에 앉아 강한 바람을 맞아가며 토론했다. 그런 문제는 샌드위치를 먹을 것인가, (호숫가에서 모래 섞인 물로 씻은)완숙 달걀을 먹을 것인가를 토론하는 것과 오십보백보였다. 습지처럼 축축한 땅. 점점 사나워지는 바람. 애석하게도 소나무는 피신처로 삼기에 역부족이었다. 우리에겐 담요도 없고 어둠은 밀려오고 있었다. 우리는 계속 걸어가기로 결정했다.

왼쪽으로는 끝이 없어 보이는 조지아 바다(조지아 호수를 말한다. 옮긴이)가 일렁대고 있었다. 북쪽 방향으로 가면 허드슨 만과 극지방에 닿는다. 남쪽으로 가는 물결을 타면 온타리오 호수, 세인트로렌스, 그리고 대서양으로 흘러간다. 조지아 바다는 한편으로는 대서양, 또 한편으로는 태평양이었다. 그곳은 대서양의 사촌 형제이며 과거에 한 번 내지 두 번에 걸쳐 지구상의 모든 물로부터 격리되었다. 이 때문에 조지아 바다는 태평양, 대서양, 인도양과 기원이 똑같다.

걷기는 더할 나위 없이 좋았다. 모래는 아스팔트처럼 딱딱했다. 오른쪽으로 소나무, 키 작은 나무, 잘려나간 나무 따위가 한데 모여 만든 실루엣이 희미하게 보이고 왼쪽에선 물결이 끊임없이 춤췄다. 물결은 무시로 나를 오스텐드와 호브, 로테르담과 랑군, 뉴브런즈윅의 세인트 존, 세인트헬레나 섬, 희망봉, 말라바의 야자수 해안 등으로 데려다주었다.

우리는 걷고 또 걸었다. 종종 걸음으로 속도를 내보기도 했다. 하늘에 달은 보이지 않았다. 대신 별들이 쏟아졌다. 먼지 나는 길도, 굴뚝 연기도 없는 청아한 북쪽 대기 속에서 별들은 세상 어느 곳보다 밝게 빛났다. 머리 위에서 찬란히 빛나는 반점이 실제 은하수인지 아니면 별빛을 받은 구름인지 분간하려면 그 모양을 유심히 관찰해야 했다. 모양이 변한다면 구름일 테니까.

구름은 아니었다. 은하수의 별들이었다. 너무나 선명하게 보이고 가깝게 느껴져 마치 무한계로 거대한 관문이 열린 것만 같았다. 그러면서 존재의 신비로운 거처를-만물의 통일성을 포착하기엔 부적절한 단어지만-잠시만이라도 엿보라는 듯했다. 그 구름퍼즐 조각 하나를 살짝 엿보는 것만으로도 퍼즐의 전체상을 알 수 있다. 말하자면 퍼즐을 이루는 조각들 중 가장 작은 것 하나에 퍼즐 전체를 관통하는 통일성을 지니고 있음을 알 수 있다. 왜냐하면 태양들의 집합이-복수의 태양계 묶음-너무 많아 육안으로 봤을 때 안개 같지만, 결국 조그만 망막에 실제로 찍히지 않는가. 그렇다. 그것들은 이 같은 찍힘을 통해 이를테면 생각하는 머리에 포착되었던 것이다. 여전히 어렴풋이 이해할 뿐이지만 진리의 상징으로써의 사실은 하나이자 동일한 것이다. 초미세 분자와 전지전능한 존재도 마찬가지다.

그러나 가을 하늘 아래서 존재론적 사색을 하는 것은 오래지 않아 멈춰버렸다. 소나무와 독풀을 헤치며 오랫동안 찾아다닌 끝에 하룻밤 피신처로 적당하고 푸근한 민박집을 발견한 것이다. 다행이었다.

잊지 못할 캐나다의 겨울 아침을 걷다

캐나다 겨울 도보 여행도 무척 기억에 남는다.

1월의 중순 어느 날 밤. 무슨 이유에서인지 잠을 통 잘 수 없었다. 아무리 잠을 청해 보았지만 3시에 눈이 떠졌다. 생긴 건 볼품없었지만 꽤 쓸 만한 스토브에 불을 붙였다. 스토브는 베세머 화로(헨리 베세머가 개발한 항아리 모양 화로로 윗부분에 큰 구멍이 나 있다. 옮긴이)처럼 생겨 찬바람이 새어 들어왔다. 스토브의 관은 위로 곧장 뻗어 천정 가까이에서 홀쭉해지다가 벽 속으로 난 구멍을 타고 사라졌다. 그것은 내가 묵은 방에서-호텔이었다-가장 인상적인 기물이었다. 나는 스토브 위에 차가 담긴 잔을 올려놓았다. 그러고 나서 눈에 띄는 옷가지를 죄다 껴입었다. 40분이 남짓해서야 움직일 만했다.

목적지는 온타리오 지역에 속한 인구 약 1만 명의 작은 도시였다. 더머(Dummer)라는 곳이다. 더머는 위도상 오대호 북쪽의 호수 테두리를 감싸는 벨트보다 약간 위쪽에 위치한다. 오대호 벨트 주변에는 인구가 조밀한 도시들이 산재해 있다. 당연히 더머의 날씨는 벨트 도시들보다 다소 매섭다.

내가 더머를 찾아갔을 때 더머는 눈으로 봉인돼 있었다. 눈 천지였다. 집들은 하나같이 두꺼운 눈을 머리에 이고 있었고, 지붕 가장자리는 눈 때문에 들쭉날쭉, 제멋대로 곡선을 그리고 있었다. 또 딱딱하게 얼어붙은 폭포 물줄기가 공중에 멈춰 있었다. 약 2미터짜리 고드름이 땅에 닿을락 말락 매달려 있었다. 말발굽이 꾸욱꾸욱 눌러놓아 생긴 긴 줄 한쌍을 빼곤 길바닥은 하나같이 새하얬다.

눈에 잠긴 마을. 언덕 비탈은 빙하처럼 반짝거렸고, 소나무가 드리운 그림자는 짙은 자줏빛이 감돌았다. 눈부신 백설 위에 검은 것이라곤 숲뿐이었다. 반듯한 통나무집의 벽, 홀로 서있는 나무들, 그리고 저만치 낙오한 지그재그 울타리(통나무를 일정한 각도로 교차해 세운 것. 옮긴이)는 하얀 세상의 단조로움을 덜어주었다. 캐나다의 이 벨트는 프랑스 남부와 거의 동일한 위도에 위치해 있다. 고작 며칠 전 내가 편지 속에 제비꽃을 넣어 부쳤던 곳, 리비에라(Riviera. 지중해의 도시)와도 같은 위도상에 있다니!

길을 나섰을 때는 달도 별도 떠 있지 않은 밤이었다.

마을 중심지의 전깃불이 하늘에 흡수된 후 반사된 것만이 유일한 빛이었다. 그 빛 덕분에 나는 움푹 팬 눈길을 분간하며 수 킬로미터 거리를 걸을 수 있었다. 움푹 팬 길 양옆에는 눈이 수북이 쌓여 있었다.

나는 바람이 세찬 언덕을 피해서, 나무 울창한 산등성이를 따라 걸었다. 어둠이 짙어 여기저기 더듬거리며 걸어야 했다. 납빛 하늘 아래 풍경이 그렇듯, 경치는 한없이 단조로웠다. 까만 점, 선, 면을 콕콕 집어낸 순백의 풍경은 지루하기 그지없었다. 살아있는 것이라곤 눈에 띄지 않았다. 소리도 들리지 않았다. 그리고 마을 산책자의 즐거움이기도 한 것이 향기인데, 아무리 킁킁거려도 향기라곤 흔적도 없었다. 모든 게 입을 다물고 있었다. 모든 게 죽은 듯 했다. 작은 가루만 무수히 흩날렸다. 소리 없이 무정하게 떨어지는 가루들. 세상 만물을 더 길고 길게 침묵에 빠지게 하려고 작정한 것만 같았다.

잉글랜드에 내리는 눈은 항상 시적인 무엇을 간직하고 있다. 튼튼한 장미나무, 통통한 관목, 튼실한 울타리, 겨울 의상을 입는 방식은 경쾌하고 익살스러운 구석이 있다. 그것은 잘 웃는 하녀가 새침한 표정으로 할머니의 모자를 쓴 모습과 닮았다.

걸프 만류의 온화한 손길이 미치지 않는 서구 지역

의 경우 겨울이란 심각한 사태이다. 위도가 같다손 치더라도 그 심각함의 강도는 지역마다 다르다.

눈은 '머물기 위해' 온다. 익살스러움이라곤 찾아볼 수 없다. 땅 위에 쌓인 눈은 1미터를 상회한다. 짧은 해동기에 눈밭이 사라진다 해도 곧바로 다시 찾아온다. 나무들은 눈과 어울려 놀지 않는다. 눈을 견딜 뿐이다. 이파리 하나 없는 나무는 미동도 하지 않고, 냄새도 풍기지 않고, 소리 한 점 없이 눈 속에 무릎을 묻은 채 서 있다. 바람이라도 불라치면 가늘고 길게 '휘익' 하는 소리를 내뱉을 뿐이다. 피신처를 찾아 헤매다 길 잃은 영혼이 비탄에 빠져 울부짖는 소리를 닮았다.

가지가 땅으로 떨어지는 일은 없다. 강풍을 맞아 부러질만한 가지들은 가을에 죄다 떨어졌기 때문이다. 떨어지는 것이라곤 얼어붙은 눈물뿐이다. 얼음으로 몸이 꽁꽁 포박당한 어린가지가 흘리는 눈물. 이런 '인내의 나무'가 수 킬로미터에 걸쳐 오도카니 서있다. 검고 육중한 삼나무, 어깨를 축 늘어뜨린 느릅나무, 우아한 단풍나무 그리고 너도밤나무. 삼나무는 눈 속에 파묻힌 채 키플링(R. Kipling)의 지니(Djinn of All Deserts)처럼 웅크리고 앉아있다. 흡사 게으른 겨울에게 "빨리 몸을 놀려라."라고 마법을 거는 듯하다.

너도밤나무는 노랗게 시든 여남은 이파리들이 팔랑거리는 허리께를 빼곤 홀랑 옷을 벗었다. 느릅나무는 잎이 무성할 때가 훨씬 더 우아했다. 트레이서리(tracery, 고딕 건축물에서 화려하고 기하학적인 석조 창문 장식. 옮긴이)를 떠올리게 한 단풍나무 가지는 고급 의상의 레이스보다 훨씬 정교했다.

이 나무들은 흔히 숲 테두리를 장식하는 주인공들이다. 나는 그들 품속으로 들어갔다. 깊고 깊은 침묵이 감돌았다. 침묵은 너무 강력하고 모든 것을 빨아들이는 것도 모자라 침묵이 숲을 가득 채우고 흘러넘친 뒤 우주까지 도달해 마침내 세상을 단숨에 휘어잡을 것만 같았다. 그것이 현실화된다면 세상 그 무엇도 옴짝달싹 못하리라.

죽음과 같은 침묵의 신전 안에서 살아있다는 것은 신성모독으로 느껴진다. 침묵은 가장 우월하고, 완전하고, 절대적이다. 반면 살아서 꼼지락거리는 구경꾼인 나는 유한하고 상대적이며 시간과 공간의 미물이다.

생각한다는 것은 침묵 같은 휴식이 누리는 평온함을 해친다. 왜냐하면 생각하는 행위는 침묵을 제한해 침묵이 깊어지지 않게 하는 시도로써 결국 침묵을 개인의 수준에 머물게 하기 때문이다.

침묵을 넘어서는 폭넓은 사고란 어디에도 없다. 겹겹이 쌓인 설빙을 깨뜨리며 악마처럼 질주하는 엘크 서너 마리와 뿌드득뿌드득 악마 같은 소리를 내는 잔

인한 늑대 무리만이 이 신성한 침묵을 방해하고 무너뜨릴 자격이 있다.

여름 경치와 그 소리는 우리를 한 장소에 묶어두고 우리의 관심을 지엽적인 것에 몰두하게 한다. 더불어 사소하고 작은 것, 한 개체, 하찮은 것 따위를 도드라지게 만든다. 반면 겨울철 숲과 주름 한 점 없는 순백의 들판은 어떤 감각도 자극하지 않는다. 인간의 영혼은 자연의 영혼 앞에서 발가벗겨지고 인간의 사고는 보편적 정신 가까이 성큼 다가서는 것처럼 보인다. 어둠이 감각에 영향을 준다면, 침묵은 마음에 영향을 준다. 둘 모두 감각과 마음의 능력을 최대한 활성화한다. 하지만 어떤 감각도 어둠의 촉감을 이해할 수 없듯이 어떤 사고도 침묵의 비여과성(impenetrability)을 뚫을 수 없다. 누구나 한번쯤은 겨울의 산하를 밟으며 이 같은 감정을 경험해봐야 한다.

걸음을 재촉했다. 휘이잉. 바람이 강렬하게 몰아쳤다. 사위가 고요했기에 윙윙거리며 귓속 달팽이관을 휘젓는 바람의 소음은 무척 성가셨다. 옅은 어둠 속에서 나는 목적지까지 한참 둘러 가는 길을 택했다. 아무도 밟아보지 않은 길이었다.

내가 다시 고갯마루에 올라섰을 때 바람이 다시 내게 말을 걸었다. 휘이잉. 그것은 바로 통신용 전선이 내는 휘파람 소리였다. 그렇게 사납게 날뛰는 전선은 처음 봤다. 전선이 내는 소리를 듣고 있으려니 아이올리스의 하프(Aeolian harp, 바람으로 연주되는 하프. 바람의 신 아이올리스의 이름을 땄다. 옮긴이)가 떠올랐다. 천상의 음률, 아이올리스의 하프. 전선은 인간이 들을 수 있는 음계 안의 모든 음표를 연주했다. 음향 판독기 같은 것이 있었다면 온음, 반음은 물론 초고음과 최저음까지 모든 음표를 망라한다는 사실을 확인할 수 있었을 것이다. 또한 그것은 포르티시모(fortissimo, 악보 용어로 '아주 강하게'를 의미)로 연주됐다.

전선들은 때때로 새된 목소리로 비명을 질렀다. 이토록 이른 시간에 메시지 같은 걸 운반하는 걸까. 모르긴 해도 인간의 고통, 인간의 행복, 인간의 비애가 가냘픈 선을 통해 흘러가고 있을 터이다. 그런 짐들이 버거워서일까. 야위고 가여운 전선은 무심한 바람에 대고 불평을 쏟아놓는다. 아무도 듣지 않고, 누구도 공감하지 못하는 소리. 황량한 들에서 듣고 있자면 기괴하기 그지없는 소리다. 그 공간 속에 있는 나는 어땠겠는가. 그런데 전선들은 나의 존재를 전혀 알아차리지 못했다.

어느샌가 구름이 조금씩 흩어지더니 하늘이 두 쪽으로 쫙 갈라졌다. 그 사이로 빛이 새어나왔다. 한 치도 흐트러짐 없이 찌를 듯이 내리꽂는 별빛이었다. 서쪽 하늘에서 휘황찬란한 행성이 푸른 배경 위에서 은색으로 빛났다. 하늘이 얼마나 파랬던지 두 눈을 무한계로 빨아 당겼다. 캐나다의 하늘은 언제나 높고 청아하고 깊다. 구름 많은 잉글랜드의 키 낮은 하늘과는 천양지차다.

집으로 돌아가야 할 시간이 가까워졌다. 동녘에서 희미한 불빛이 번졌다. 사물들이 하나둘 형태를 띠기 시작했다. 가옥들은 이제 새하얀 종이 위 까만 얼룩이 아니라 자고 먹는 장소처럼 보이기 시작했다. 나뭇가지들의 실루엣과 틈새도 서서히 보였다.

마을이 가까워지자 삶의 기호들이 눈에 띄었다. 보였다기보다 맡아졌다는 표현이 더 적절할성싶다. 어느 성마른 주부가 더 빨리 불을 붙이려고 장작더미에 등유를 뿌렸는지 등유 냄새가 확 났다. 콧구멍이 쓰라릴 정도였다. 목 끝까지 단추를 채우고 양말을 두툼하게 덧신은 일꾼이 주머니에 두 손을 꼬옥 집어넣은 채 졸음에 겨운 눈으로 일터를 향해 무겁게 걷고 있었다.

얼마 후 부부를 태운 말 썰매가 쏜살같이 달려갔다. 이어 우유 수레가 하나둘 지나갔다. 우유 캔은 모피로 덮였고, 말이 물고 있는 재갈 밖으로 삐져나온 털은 얼음이 달라붙어 하얬다. 마을의 중심으로 더 들어가자 아이들이 모여 썰매를 뒤적이며 웅성거리고 있었다. 저마다 등교용 썰매를 찾는 중이었다. 몇 시간 전과는 전혀 다른 세계다.

눈부신 태양은 죽었던 밤풍경을 눈이 멀게 할 정도로 번쩍이는 순백의 시트로 바꿔놓았다. 너무 현란한 나머지 저절로 눈이 반쯤 감겼다. 준극지 사람은 부드러운 환경에서조차 두 눈을 한껏 뜰 수 없고 여름 햇빛 아래에서는 눈꺼풀 보호대도 필요하다고 말하는데, 그 말에 저절로 고개가 끄덕여진다. 캐나다는 '눈의 여왕'이라는 타이틀을 얻었는데, '태양의 여왕' 타이틀을 받아도 손색없다. 캐나다만큼 햇빛이 선명하고 풍부한 곳이 어디 또 있을까. 캐나다인은 신대륙에 이주한 이래 세대를 거듭하며 프랑스적인 특성인 '냉철함'이 거세됐다는 속설이 있다. 하지만 캐나다가 햇빛이 너무 선명하고 풍부한 것을 보면 그 속설은 터무니없다고 봐도 될 것이다.

"잉글랜드에서 햇빛이 선명한 날이 연평균 60%을 넘는 곳이 극히 드물다. 대다수 지역은 25%를 밑돈다. 반면 캐나다의 관측 지역 대다수는 40%를 상회하고 몇몇 곳은 40~60%로 높은 수치를 기록한다." 캐나다 기상청 간부의 말이다. '날씨가 허락하는 한'이라는 문구는 캐나다에서 좀처럼 듣기 어렵다.

이른 아침의 걷기는 금세 끝나버렸다. 하지만 나는 이날 아침 걸었던 길을 쾌청한 하늘 아래 걸었던 수많은 다른 길과 결코 맞바꾸지 않을 것이다.

아침의 고요를 찾아 걷다

아침 산보를 위해 일찍 일어나는 일은 그럴만한 가치가 있다. 내가 16세기 맑고 상큼한 5월의 아침 호데스돈(Hoddesdon)에 있는 초가집을 향해 토트넘(Tottenham) 언덕을 성큼성큼 걸었던 한 무리의 멤버-다름 아닌 피스케이터(Piscator, 낚시꾼), 베네이터(Venator, 사냥꾼), 오셉스(Auceps, 매잡는 사람)-였더라면 더 바랄 나위 없겠다.

피스케이터는 물을, 베네이터는 땅을, 오셉스는 공기를 찬미했다. 나라면 세 가지 모두를 찬미했을 것이다. 그런 의미에서 나는 프레그리네이터(Peregrinator. 떠돌이)였을 것이다. 왜냐하면 걷는 자의 쾌락은 셋 중 어느 한 가지만 빠져도 불가능하기 때문이다. 과거 아이작 월턴(Izaak Walton, 17세기 영국 작가로 저서로는 플라이 낚시를 찬미한 산문집 『완벽한 낚시꾼』, 조어대전이 가장 유명하다. 위 인용문도 『완벽한 낚시꾼』에서 따왔다. 옮긴이)이 낚시를 일러 "가장 진솔하고, 독창적이고, 조용하고 남에게 해 끼치지 않는다."라고 말했는데 나는 이 표현을 걷기에도 그대로 적용할 수 있다고 생각한다.

월턴이 유달리 강조한 것은 고요함이다. 그는 박식한 페테르 뒤 물랭(Peter du Moulin, 17세기 프랑스 태생으로 영국에서 활동한 성직자. 옮긴이)의 입장을 지지한다면서 다음과 같이 말했다.

"하느님이 미래에 벌어질 일이나 고매한 의지를 예언자들에게 드러내고자 할 때 그들을 해안이나 사막으로 데려갔다. 그들을 속세의 일과 압박, 즉 세상의 근심으로부터 떼어놓고자 했기 때문이다. 그럼으로써 하느님은 그들의 마음에 고요한 휴식을 안겨주어 계시하기 적합한 상태를 만들었다."

아이작 월턴은 틀림없이 조용하고 안빈낙도하는 노인-그는 91세까지 살았다-이었을 텐데, 그런 그가 60세에, 즉 250년 전에 줄기차게 고요함을 역설하고 가르쳐야했다는 점은 납득하기 어렵다. 나는 그 나이에 질주하는 말보다 빠르거나 소란스러운 것은 없다고 주장했으니까. 우리는 그가 청교도 혁명을 겪었다는 사실을 염두에 둬야 한다. 그는 피스케이터의 입을 빌려 그의 마지막 저서에 이렇게 적었다.

"그리고 (성 베드로의 가호가 있기를) 선(善)을 추구하는 사람과 신의 섭리를 신봉하는 모든 사람은 침묵하라. 그리고 낚시를 가라. 고요함을 배워라."

과연 그럴까. 나는 잘 모르겠다. 하지만 책의 말미를 "낚시를 가라."는 식으로 끝맺은 직접적이고 단순명료한 월턴의 사고방식에 뭔가 깨달은 바는 있다. "낚시를 가라."는 문장은 작가와 책의 개성을 응축한 표현이다.

• • •

고요함을 요구하고 또 고요함을 불러일으킨다는 측면에서 걷기와 낚시는 용호상박이다.

또 다른 옛 문인은 시간에 대해 쓰면서 "성공적인 걷기를 위해서는 몸과 마음의 짐을 벗어놓아야 한다."라고 말했다. 걷기의 즐거움이 제대로 우러나오고 오래 지속되는 밑거름은 바로 고요함이다. 존 버로스는 말한다.

"봄이나 가을에 정처 없이 길을 걷거나, 겨울에 추위를 견뎌가며 길을 걸을 때 가장 훌륭한 생각과 충동에 사로잡히는 기분이다…… 삶은 그런 기분 속에서 달콤해지고, 우주는 완벽해진다. 그리하여 실패나 단점은 들어설 자리가 없다."

존 버로스, 『페펙턴(Pepacton)』

이런 기분을 야기할 수 있는 것은 자연밖에 없다.

"언제나 가장 마음씨 고운 어머니, 자연이여."

자학적이고 정서가 불안정했던 바이런(Byron)이 한 말이다. 책, 음악, 미술, 연극, 철학, 과학 들은 저 깊숙한 곳에 마음을 어지럽히는 요소를 지니고 있는 듯하다. 이들은 미심쩍은 형태로 다가온다. 이들은 인간의 창조물인데, 우리는 인간의 창조물을 전혀 신뢰하지 않는다. 우리는 느끼지 못한다. 인간 동료가 모든 질문에 해답을 찾았다고 해서 인간의 모든 근심이 해소되고, 모든 두려움을 잠재울 수 없음을.

매튜 아널드(Matthew Arnold)가 "단 하나의 가르침, 자연, 너를 배우고 싶다."고 부르짖으며 자연을 향해 기도하고 고요함을 얻고자 했을 때도 그런 심리상태가 아니었을까.

고요함은 열정과 혈기가 넘쳐흐르는 정신 상태와 양

립 가능하다. 사실 열정적이고 한껏 고양된 정신은 평온한 마음이 가장 먼저 잉태하는 자연스러운 결과물이다. 월턴은 목가적이고 경건한 노래를 끊임없이 만들었다. 그리고 시골 아낙과 그 아낙의 딸들 역시 그가 만든 노래를 불렀다.

밤에 만난 자연의 연극무대, 나의 우주를 걷다

피스케이터, 베네이터, 오셉스, 이 세 선생들과 그들의 하녀가 콧노래 흥얼거리며 보여준 것처럼 이른 아침 걷기가 가슴을 쾌활하게 해준다면, 저녁 걷기는 마음의 명상에 보탬이 된다.

해가 서쪽으로 기울수록 하루는 점점 침울해진다. 내가 틀렸는지 몰라도, 적어도 내 눈에는 그렇게 보인다. 그레이의 비가(Gray's Elegy)가 밀턴은 이를 가리켜 "그리고 조용한 저녁이 왔다."라고 읊었다. 이 짧은 문장에서 나는 고요함의 울림을 느꼈다. 아마 우울함인지도 모른다. 조용한 장소에서 조용한 명상을 하다보면 밤까지 쭉 이어지는 경우가 허다했다.

실제로 그는 현명한 산책자였다. 세상과 외따로이 떨어진 장소들을 골라 다녔다. 그는 가는 곳마다 자기 자신과 소통하거나 위대한 선현들과 고상한 대화를 나누었다. 또한 숲 정령들의 소리를 듣고자 애썼다. 그리고 벽, 천장 및 마루 사이에서 보낸 삶, 시(時)을 알리는 벽시계와 분(分)을 가리키는 손목시계로 분절된 시간, 이 두 가지가 낳은 그렇고 그런 불안의 싹들을 자신으로부터 떼어냈다.

• • •

내게도 이와 같은 장소가 하나 있다. 그곳은 내게 많은 것을 가르쳐주었다. 그곳은 대자연이 창조한 거대한 원형극장이다. 사방이 탁 트여 넓디넓은 공간이다. 비스듬히 경사진 북쪽과 서쪽 방면은 초록 나무들이 빽빽하다. 그 광활한 공간에 서면 나는 유일한 관객이 된다. 조금이라도 더 보고 더 들으려 발끝을 살짝 들고 서있는 작은 풀과 고개를 끄덕이는 작은 갈대와 반짝이는 모래알 위를 느긋하게 기어가는 딱정벌레들을 빼곤 나뿐이다.

고대 그리스에서라면 불 밝힌 제단이 서있을 극장의 한복판에는 어찌된 일인지 키 작은 단풍나무 한 그루가 들어앉았다. 그리고 단풍나무 뒤편으로 신록이 춤추는 언덕이 솟구친다. 내 바로 앞, 무대에 해당하는 곳에 전나무, 느릅나무, 너도밤나무가 초록 의상을 입고 서있고, 오크나무와 삼나무, 가벼이 몸을 떠는 묘목, 어깨 넓은 소나무가 늠름하고 근엄하게 서있다. 모두가 멋진 동료들이다. 놀라우리만큼 젊고 잘생긴 이들은 나를 위해 포즈를 취

하고 노래 부른다…… 서서히 연극의 막이 오른다.

팡파레는 없다. 보랏빛이 감도는 회색 구름을 등 뒤로 한 은색 포플러가 내 왼편에 서있다. 포플러 맨 꼭대기 가지가 바스락바스락 소리를 낸다. 연극의 시작을 알리는 신호다. 사뿐히 그리고 최대한 우아하게 가지들은 우주의 노래를 시작한다. 노래하는 내내 좌우로 몸을 흔든다. 고개를 숙였다 이파리를 떨구고는 가볍게 다시 일어선다. 또 손을 맞잡고, 건드리고, 웃고, 다시 노래한다. 바람이 나무를 휩쓸고 지나갈 때마다 한 무리씩 역할을 교대한다. 내 귀와 눈이 포착하는 것은 보이지 않는 어떤 힘에 복종하는 소리와 몸동작이다.

점점 몸동작이 커진다. 대단위 그룹이 춤에 가세하고, 저녁을 맞이하는 노랫소리는 더욱 커진다. 크고 둔한 가지들이 앞뒤로 흔들며 듣기 좋은 화음을 넣는다. 파르르 떠는 잎사귀에서 까딱거리는 나무줄기까지 너나없이 아름답고 감동적인 노래를 합창한다…… 이들이 전달하려는 것은 무엇일까?

이윽고 자줏빛 감도는 회색 구름 아래로 붉은 태양이 슬쩍 얼굴을 내비친다. 번쩍하며 원형극장, 즉 무대를 향해 빛을 쏜다. 내 옆에 서있는 풀들이 빛나고, 딱정벌레 등딱지와 모래 알갱이가 반들반들 윤이 난다. 조금 전까지 하늘을 머리에 이고 거무튀튀하게 서있던

낙엽송의 잎들이 빛을 받아 투명해진다. 한 움큼의 초록 잎들이 빛을 발산하고, 감금돼 있던 가지는 자물쇠를 풀고 햇빛을 맛본다. 풀 죽은 관목은 보란 듯이 벌떡 일어선다. 신성한 유쾌함이 숲을 가득 메운다…… 이렇게 신비로운 자극은 어디서 오는 걸까?

바야흐로 땅거미가 내려앉는다. 바람은 숨죽인다. 변덕쟁이 산들바람은 이제 냉기를 머금은 채 정처 없이 떠돈다. 그리고 테마송은 한 키를 내려 내림조가 된다. 해가 내려간다. 식물의 그림자는 더 짙어지고 잎이 번성했던 곳은 이제 어둠이 번성하기 시작한다. 어둠은 하얀 줄기를 자랑하는 자작나무의 뾰족하게 뻗친 손과 발마저 앗아 가버렸다. 낙엽송의 잎은 모습을 감추고, 관목은 숨어버리고, 딱정벌레는 슬슬 기더니 시

야를 벗어난다. 저만치 실개천은 떨린 음을 섞어가며 낮은 마에스토소 음조로 흐느낀다. 그리고 옅은 안개가 좁은 골짜기의 갈라진 틈 안으로 스멀스멀 기어들어간다. 귀가 어둡고 머리가 둔하고, 감각이 무딘, 나만 홀로 남겨졌다.

끝이 없는 연극 중 하나의 짤막한 장(場). 인간이 있기 이전부터 이 땅 위에 끊임없이 이어온, 모든 낮과 밤 동안 잎이 무성한 등장인물들은 엄숙한 노래를 부르고 합창과 춤을 재현해왔을 것이다. 그리고 인간이 사라지고 난 먼 미래에도 여전히 그럴 것이다. 자유분방하게 놀며 까불대다가 슬퍼지고, 기대를 품었다가 고통을 참아내고, 또 고요함 속으로 잦아들고…… 그들의 찬가는 무엇을 위한 것일까?

• • •

내가 이 강력하고 신비로운 연극에 대해 이해한 것은 거의 없다. 아무 생각 없는 딱정벌레가 이해한 만큼, 딱 그 정도다. 하지만 나는 상상해본다. 이 세계 바깥 어떤 파워가 그들을 채근해 숭배토록 한 다음, 찬가를 부르게 한다고 말이다. 태양 저 너머 어딘가로부터 뿜어져 나오는 미지의 힘. 그 힘은 풀 끝, 잎사귀, 내 발 아래의 모래 알갱이에도 깃들어 있다고 말이다.

때때로 어스름 녘이 내뿜는 파워는 인정사정을 봐주

지 않는다. 떠도는 것들을 퇴치하고, 냇물처럼 피를 흘리게 하고, 우박처럼 강한 고통과 쓰라린 고뇌를 뿌린다. 더불어 소름이 돋기도 하고, 더없는 기쁨에 전율하기도 한다. 어둠은 정말 종잡을 수 없다. 마치 수수께끼 같다.

어둠의 파워는 시간을 초월한다. 인생 따위보다 더 오래 살며 무수한 형태로 변신한다. 또한 무성(無聲)이었다가 유성(有聲)을 띠고, 여기선 묵직한 물체였다가 저기선 가장 엷은 공기로 변하곤 한다. 원기 왕성한 생명으로 나타났다가 이른바 죽음 속으로 사라진다. 그 파워는 하나의 호흡이자 하나의 정신이며 불멸의 영혼이다…… 그들의 찬가는 이 '숨은 파워'를 향한 것임이 분명하다.

어둠이 깊어간다. 어둠과 발맞춰 안개가 짙어간다. 무겁고 침울한 안개. 지평선을 자르는 칼날 같은 안개의 마디가 점차 무뎌진다. 신비로운 연극의 막이 내리고 출연자들은 사라진다. 관객과 배우, 무대와 배경, 원형극장과 탁 트인 대지, 그리고 가없는 하늘이 뒤섞인다. 보이지 않는 암흑 덩어리 안으로 모든 게 빨려 들어간다.

밤의 침묵 한가운데에서 나는 어둠처럼 헤아릴 수도 만질 수도 없는 신비, 즉 불멸의 영혼으로부터 나오는 무언의 소리를 들었다. 불멸의 존재는 풀끝에도 있고, 잎사귀에도, 바람 속에도 있다. 또한 불멸의 존재는 어둠 속으로 굴러들어가는 대지에도, 그 대지를 품고 있는 가녀린 내 마음 속에도 있다.

나는 천지의 장구함을 상상해볼 수 있었다. 가장 멀리 떨어진 별에서 나온 빛줄기가 내 몸에 와 닿았기 때문이다. 은신 중인 온갖 미물이 빛줄기에 의해 소환돼 자신도 내 이웃이자 동족라는 사실을 알려주려 애썼다. 큰 것과 작은 것, 긴 것과 짧은 것, 이 모두가 하나로 흡수 통합되고, 수와 셈은 광대한 전체수(integer) 속으로 사라졌다.

어떤 잎사귀도 스스로 흔들지 않는다. 어떤 새싹도 스스로 움트지 않는다. 다만 머나먼 곳에서 온 무궁한 힘에 의해 생명을 얻고 움직이도록 이끌렸을 뿐이다. 이 힘은 태양이나 별보다 먼저 태어났고, 은하수보다 나이가 많으며 인간 상상력의 범위를 뛰어넘는다.

가령 덤불을 보자. 덤불 속 잎사귀마다 바닷물만큼 역사가 깊은 수액이 흐른다. 시간의 역사 속에서 어제의 것은 현재의 상태와 꽤 다른 무엇이다. 싹과 잎은 존엄한 존재의 '드러냄'이다. 힘, 영혼, 신. 이 신비로운 존재가 이슬, 햇빛, 흙을 좌지우지하며 잎과 싹에게 형체를 부여하고 향기를 입혔다. 이슬, 햇빛, 흙은 그 자체로 물질의 변이에 지나지 않는다. 말하자면 화학적

원소나 분자 운동의 변이인 것이다. 그리고 분자는 다시 더 미세한 원자나 전자 같은 물질이 결합한 변이이다. 이런 식으로 최후까지 가면 무한하고 불변하는 어떤 것에 이른다.

모든 변화의 배후에는 무엇인가 있다. 모든 '나타남'의 뒤에는 나타나게 만드는 존재가 있다. 그리고 가장 마지막 나타남 혹은 모든 나타남의 총합은 첫 번째 나타남 속에 잠재해 있는 게 틀림없다. 가령 도토리에는 숲이 잠재해 있듯이 말이다. 만약 도토리 한 톨에 충분한 시간과 공간이 주어진다면 떡갈나무들의 우주를 상정해보는 것도 가능하다. 떡갈나무 하나하나는 제각각 다르며 한 나무에서 나온 가지들도 가지 수만큼이나 서로 다르다.

우리는 전자(電子)를 설명하려면 무한공간을 이해해야 한다. 영원(무한공간)은 비록 눈에 보이지 않지만 찰나(전자) 속에 똬리를 틀고 있다. 영원과 찰나는 한 몸이다. 사실 영원과 찰나가 한 몸이 아닌 경우는 시간에 속박되고 공간에 묶여있는 인간밖에 없다.

따라서 잎과 싹에 무엇인가 깃들어 있다면 지각하는 마음속에도 무엇인가 깃들어 있다. 왜냐하면 호기심에 가득 찬 인간의 마음이 언제부터인가 이 행성 위에 기거했기 때문이다. 그 후 마음은 발아하고, 발현하고, 어찌어찌 발전해 갔던 것이다. 떨어지는 혜성이 이 행성 위로 '마음을 쏟아낸다'는 것은 어불성설이다. 마음은 어디서부터인지는 몰라도 아무튼 생겨났고, 이곳에 있으며, 이곳 육해공로부터 나온 부속물, 즉 만물에 의해 먹여지고 길러졌다. 두말할 것 없이 인간의 마음속에도 역시 똑같은 '숨은 파워'가 있음에 틀림없다.

나 자신도 어느 때인가 신비로운 무리의 한 멤버였고, 똑같은 파워의 손아귀에 있었었고, 무수한 변이들 가운데 하나의 변이에 지나지 않았다. 또 나는 내게 주어진 작은 무대에서 나만의 배역을 맡았다. 아무리 작은 역할이라 할지라도 그 배역이 빠져버리면 위대한 연극은 완성되지 못한다. 가장 어린 이파리가 어떤 불가항력적 법칙에 좌우되면서 미풍 속에서 살아 숨 쉬며 까딱거리고, 나부낄 수밖에 없듯이 내가 사는 작은 세계 속에서 나 역시 마찬가지이기 때문이다.

하지만 내 시야에서 사라진 무심한 딱정벌레만큼이나 나는 자연의 위대한 연극이 예시하고 묘사하는 바를 알지 못했다. 딱정벌레는 사실 보잘 것 없는 영혼이다. 그렇다고 딱정벌레가 나만큼이나 자연에 대해 알 권리가 적은 것은 아니다. 사실 이 보잘 것 없는 행성 위에서 나와 딱정벌레를 구분해주는 변이는 그다지 많지 않다. 다만 내가 본 것은 보이지 않는 곳에서 형언할 수 없는 연극을 재현하는, 형언할 수 없는 어떤 파워이다. 이때 연극의 작가와 주인공은 하나이다. 이들은 결말 없는 플롯을 창안하고 재현한다. 이 과정에서 수정하고 또 수정하며, 무수히 잘게 세분화하고 또 나눈다. 하지만 이해 불가능한, 혹은 신성한 하나(전체)는 온전하다.

멋들어진 하늘이 하나둘씩 뜯겨나가더니 얼마 안가 구름 속으로 사라졌다. 반달은 나무 사이로 얼굴을 슬쩍슬쩍 내밀고, 가녀린 가지들은 반달을 환상적인 모양으로 조각했다. 내가 가지를 헤집고 앞으로 걸어가는 동안-지름길을 찾고 있는 나는 둔감하고 무지한, 조그만 무한 공간 속 약간 큰 원자일 뿐-새로운 막과 장이 거듭되고 새로운 연기자들이 등장하며 위대한 연극은 막이 내리지 않는 이야기로 이어졌다.

온 우주를 성찰하고 완상하다

걷기를 통해 내가 배운 건 '자연은 드넓다'는 점이다.

자연은 시간에 대해 아는 것이 없다. 자연은 공간에 대해서 역시 아무것도 모른다. 자연에 시공간적 한계를 부여한 것은 우리들이다. 왜냐하면 우리는 두 눈으로 보고, 두 팔로 느끼고, 두 다리로 걷기 때문에 우리는 우리의 우주뿐만 아니라 보편적 우주도 무한한 범위이라고 여긴다. 우리는 어리석게도 그런 실제 범위의 중심에 각자 서있다고 여긴다. 이는 무슨 뜻이냐 하면, 수백만 개의 중심이 있다고 가정할 때 각각의 중심은 하루에 수백만 킬로미터씩 위치를 달리 한다는 의미이다. 어처구니없는 가정이지만 증명은 그럴 듯해 보인다.

낡은 정원 고무호스 속에서 나고 자란 원생생물에게 우주란 끝없는 터널일 것이다. 마루와 카펫 틈에서 알을 깐 바퀴벌레에게 우주란 가없는 바닥일 것이다. 글쎄, 어찌 보면 우리는 굴러다니는 조그마한 흙덩이 위에 사는 원생생물일지 모른다. 그리고 이 흙덩이는 저택, 정원과 집주인, 정원사의 관계처럼 다차원의 세상 너머의 어떤 것과 똑같은 관계를 갖고 있다. 내 집의 고무호스 혹은 알록달록한 무늬의 카펫이 지상의 어떤 영역과 맺는 관계처럼 말이다.

시간의 경우도 마찬가지다. 시간은 개인의 기억 문제, 즉 지나간 사건이나 다가올 사건을 떠올리는 행위와 관련된 문제이다. 그리고 알다시피 기억은 순전히 뇌 속 신경물질이 유발한 것이다. 만약 우리에게 기억이 없다면 시간이 무엇인지 전혀 알지 못할 것이다. 사건이란 하나의 지점에 불과할 것이고, 지나온 지점은 하나도 떠오르지 않을 것이며, 미래의 지점 하나도 예측할 수 없게 된다. 따라서 무수한 기억들이 합쳐진다 해도 거기에 시간은 없다. 이 경우 이런저런 사건들만 '지금 여기에서' 발생할 뿐이다.

자연-우주-만물-신성……그분은 시간을 알리는 괘종시계로 제한할 수 없는 존재이다.

• • •

이 신비롭고 현묘한 통일성 개념을 어떻게 전달할까? 이에 대해 산만하고 모자라는 분석을 하자면 이렇다.

사람 혈액 속에는 백혈구라는 작은 물질이 있다. 그것은 살아있는데, 일종의 조그만 생명체다. 식세포 이론에 따르면 백혈구가 어떤 종류의 '지적 능력'을 소유하고 있으며 적을 공격하고 아군을 돕는다는 점이다. 자 그럼, 이 백혈구들이 사는 세상에 대해 백혈구 스스로 사고를 한다 치자. 그렇다면 백혈구는 그들 세상을 끊임없이 흐르는 무수한 동족이 밀집해 있는 붉은 바다라고 생각할 것이다.

그런데 백혈구는 인간 육신의 필요불가결한 요소이다. 백혈구가 없다면 현재와 같은 인간 육신은 있을 수 없다. 인간의 우주에서 개인의 위치도 붉은 바다 속의 백혈구의 위치와 매우 유사하다. 그러니까 인간을 구성하는 필요불가결한 요소인 '존재'의 지적 능력과 본성(nature, 자연이기도 하다. 옮긴이)은 인간에게 감지되지 않는 듯하다. 마치 인간의 지적 능력과 본성이 백혈구에게 감지되지 않듯이.

만약 무언가를 암중모색하는 우리 인간 자신 밖에 객관적으로 존재하는 공간 같은 것이 없다면, 만약 기억하고 예측하는 우리 인간 자신에 독립해 객관적으로 존재하는 시간 같은 것이 없다면, 만약 죽음이 단지 삶의 변화 과정상 한 순간일 뿐이라면(삶은 우주와 동떨어진 것이 아니기 때문에 우주는 삶을 벗어나선 상상할 수 없다), 만약 그 변화조차 과정이라면, 우리가 '다양성' 혹은 '다중성'이라 부르는 것은 사물의 상호의존성을 온전히 이해하지 못하는 우리의 무능력이 낳은 단어에 불과하다.

그렇다. 시간과 공간에 속박된 우리네 삶에 깊이 스며 관통하는 것이 있다면 그건 '절대적 삶'이다. 시종일관되기 때문에 분해할 수 없고, 비공간적이기 때문에 바뀌지 않으며, 비시간적이기 때문에 불변하고, 전체를 포괄하기 때문에 반박당하지 않는 것이 절대적 삶이다. 인간 정신은 절대적 삶과 똑같고 그 안에 포함되기 때문에 인간 정신은 절대적 삶을 따르지 않을 수 없다.

• • •

나의 신앙과 철학에는 결함이 많지만 이를 감추지 않겠다. 모든 표면적 다양성 저변에 흐르는, 또 그것을 떠받치는 실체적 통일성(본질)이 있다면 악, 아픔, 부정, 질병은 어떻게 나타나는 것인가. 모를 일이다. 나는 사람을 포함해 실체적 통일성이 강력한 법칙의 지배를 받는다면 어떻게 우리가 책임감과 의지 개념을 습득하게 되는지도 모르겠다. 또 어째서 우리가 이렇게 해야 하고 저렇게 하면 안 된다는 것을 느끼는지, 어째서 우리가 악 대신 선을 선택하는 능력을 가진 것인지.

결국 인간 이성으로는 인간 초월적인 것을 설명하기

란 버겁다. 하지만 인간에게는 이건 해도 되고, 저건 하지 말라고 요구하는 상상 혹은 느낌 혹은 감정 혹은 신념이라는-뭐라 불러도 좋으리라-재능이 실재하는 듯하다. 이 재능은 나쁜 것을 뿌리 뽑고 선한 것을 돕도록 이끌기도 한다. 더불어 이 재능은 악의 근원에 관한 문제와 의지의 자유에 관한 문제를 또 다른 영역과 무대 위에 남겨둔다.

• • •

왜 인간은 채 60세가 되기도 전에 통증, 괴로움, 절망, 상심, 그리고 육신을 송두리째 앗아 가는 수천 가지 자연 충격을 경험해야 할까. 이런 악이 어디서 비롯되는가라는 물음에 대해 내가 아는 해답은 없다.

"생각한다는 것은 슬픔에 휩싸이는 것
납빛 눈을 한 절망에 휩싸이는 것"

"But to think is to be full of sorrow
And leaden-eyed despairs"
존 키츠의 시, 「나이팅게일에 보내는 송시(Ode to a Nightingale)」

왜 그럴까?

왜 이 지구는 핏물로 흠뻑 젖고, 세계 어느 곳이나 가는 곳마다 피조물이 피조물을 도살하고 집어삼키는 것일까. 왜 고문과 고통은–육체적, 정신적으로 둘 다–산재해 있는 걸까. 왜 죄 없는 어린 아이가 고통에 힘겨워 숨을 헐떡이다가 대책 없이 앓다가 죽어가야 하는가. 가슴 찢어지는 이 수수께끼를 도저히 풀어낼 재간이 없다.

그럼에도 불구하고 나는 다음과 같은 믿기 힘든 답에 동의할 수도 없다. 전능한 존재자가 무(無)에서 이 우주를 창조했으며, 그리하여 창조했다는 이유로 눈 하나 깜빡하지 않고 끔찍한 행동을 하는 피조물을 방관하고 있다는 사실을.

• • •

자유 의지에 대해 내가 쓴 글을 인용해볼까 한다. 매튜 아널드(Matthew Arnold)의 글에서 영감을 받은 바 있다.

"자유 의지에서 두 단어, '의지'와 '자유'는 오해의 소지가 많다. 항해사처럼 갑판 위를 어슬렁거리고 항로를 지시하는 것을 '의지'라 치자. 그럴 때 사람의 육신에 의지만큼 독립적인 실체 혹은 재능은 없다. 만약 그렇지 않다면 그런 항해사는 바람과 조류의 영향으로부터 '자유롭지' 못할 것이다. 육신은 배와 같다. 선장과 선원을 태운 배. 선장은 차트에 따라 나아가야 하고(즉 삶의 경험과 지식에 의지해서), 선원은 돛을 잘 펴야 한다

(즉 그때그때 환경에 적절한 행동을 취하며). 선장(즉 최고위급 조정 센터)은 '자유롭지' 못하다. 왜냐하면 그는 선원(사람으로 치면 신경에 해당)에 의존하고, 선원은 다시 날씨(즉 우리를 둘러싼 주변 환경)에 의존하기 때문이다. 선장은 하고 싶은 대로 '의지'를 드러낼는지 모른다. 하지만 선원들이 반동적이거나 해풍이 거꾸로 분다면, 선장은 무사히 항구에 닿지 못할 것이다. '의지력'은 단지 똑똑한 선장과 말 잘 듣는 선원을 의미할 뿐이다. 의지력을 '발휘'한다든지 의지력을 '행사'한다는 의미는 선장과 선원이 조화롭게 일하는 것을 일컬을 뿐이다. 따라서 조심성, 미덕, 행동, 개성 등이 의지력에 달려있다고 한다면 아리스토텔레스가 앞서 말한 4가지의 비결은 헥시스(Hexis, 습관, 실천, 평상심)라고 말한 것은 옳다. 말하자면 숙련된 선원만이 배를 잘 움직일 수 있다."

『골프의 미스터리』

• • •

한 가지만은 확실하다. 이성적이든지 감정적이든지, 사회 차원에 속하든지 전 우주적 차원에 속하든지, 논리적이든지 즉흥적이든지, 정치 영역이든지 믿음의 영역이든지는 아무런 상관없이 이것 한 가지만은 확실하다. 바로 악에 마주쳤을 때 악을 누그러뜨리는 일이 우리가 반드시 해야 할 의무라는 점이다. "세상은 자비를 베풀고 심판하기 위해 존재한다(파스칼, 『팡세』).”

양도할 수 없는 이 ‘의무의 짐’을 역설함에 있어서 나는 아무런 형이상학적, 철학적, 윤리적, 종교적 근거를 갖고 있지 않다. 그래도 난 전혀 개의치 않는다. 결국 이성은 인류 도덕의 진보와 거의 관계가 없다는 생각에 이르면 나는 위로받듯 편안해진다. “핵심은 이성이 아니라 신을 느끼는 마음이다(파스칼, 『팡세』).”

나는 다음 물음들의 답을 알고 싶다. “선을 위해 더 큰 기여를 한 쪽은 어느 것인가. 철학의 논리 정연한 시스템인가, 아니면 종교적 복음인가? 스피노자, 라이프니츠, 니체 등은 얼마나 많은 신봉자를 거느리고 있는가? 또 석가모니, 공자, 마호메트, 나자렛의 예수에게 얼마나 많은 신자가 있는가?”

그런데 비평가들은 이렇게 말할 것이다. “종교적 교리가 증명 불가능한 것이라면 우리는 무엇을 표준으로 삼아 복음의 권능을 판단한단 말인가.”라고. 글쎄 모르긴 해도 괴로움을 덜어주고 올바른 행동을 하도록 가르쳐주는 표준이 있다면 내겐 그것만으로 충분하다.

아, 너무 멀리 왔다. 자, 이제 걷기라는 소박한 주제로 돌아가 보자.

걷기는 유전자처럼
인류에게 각인된 본능이다

여러 가지 이유로 걷기는 인류에 아로 새겨진 본성이 아닐까 한다. 인간이 여태껏 원시적 본성을 잃지 않았다는 이론이 있는데 이 이론은 별로 인기가 없다. 하지만 나는 이 이론에 끌린다.

본성은 수정되고, 증폭되고, 또한 다듬어진다. 그밖에 다른 것은 없다. 세상 어느 문화를 보더라도 우리는 여전히 야만인이다. 인간은 옷을 걸친 야만인이다. 예나 지금이나 인간은 옷을 훌훌 벗고 야만 상태로 돌아가는 것에 희열을 느낀다. 옷을 입은 채 바닷바람을 마주하는 것도 상쾌한데 벗은 몸에 와 닿는 바람의 감촉은 오죽하겠는가. 내가 생각하건대 에드윈 카펜터(Edward Carpenter, 영국 시인이자 사회주의자. 옮긴이)는 천국과 우리들 피부 사이에 끼어 있는 열한 겹의 옷가지에 대해 혀를 끌끌 찼다.

월트 휘트먼(Walt Whitman)은 누드 일광욕에 흠뻑 빠졌었다.

"간혹 훈감한 코스요리를 뒤로 하고 맑은 공기 속에서 소박한 음식을 소리내어 씹어먹고, 시냇물을 떠서 벌컥벌컥 목을 축이는 데, 무언가 치유되는 느낌을 준다."

걷기는 아마도 에덴만큼 오래된 원초적 본성이 아닐까. 에덴에서는 신도 선선한 날 정원을 거닐었을 터이다. 만약 그렇다면 인간이 되찾을 파라다이스에서 조물주와 함께 다시 거닐 그날이 올 때까지 걷는 행위는 끊이지 않을 것이다. 어떤 기계적 이동수단도 방랑하는 족속, 단지 걷고 싶어 걸을 뿐인 족속을 멸종시킬 순 없다.

지독한
걷기의 쾌감

모든 걷기가 지순한 쾌락을 주는 건 아니다. 단연코 아니다. 나는 온통 고통만 안겨준 산책을 생생히 기억한다. 정말 혹독했다.

그날은 온종일 비가 내렸다. 서쪽으로 걷는 동안 동쪽에서 불어온 차갑고 축축한 바람이 우리 몸을 세차게 때렸다. 길은 진흙투성이라 지나다닐 수 없는 지경이었다. 길섶 나무는 잎 하나 달고 있지 않았고, 들판은 황량했다. 여관도 보이지 않았다. 20킬로미터 쯤 갔을까. 짐 속에 있던 큼직한 포트와인 병을 깨트렸다. 우리는 축복같은 와인을 한 방울도 입에 대지 못하고 잃어버렸다.

비참한 걷기였다. 다시 말해 우리는 비참한 행인이었다. 하지만 나는 그때를 되돌아보면 짜릿한 쾌감을 느낀다. 시간과 비를 잊기 위해 즉흥적인 놀이를 하고 큰 소리로 대화를 나누며 걸었다. 놀이 탓인지 상큼한 공기 탓인지 컨디션이 좋았는지, 아니면 타고난 쾌활함 때문인지 우리는 단숨에 65킬로미터를 답파했다. 목적지에 도달할 때는 다리를 절룩거렸는데, 정신만은 붕 뜬 것처럼 환희에 차서 해방감을 만끽했다.

다시 캐나다의 가을을 걷다

북아메리카의 잉글랜드 땅에서 경험한 마을 걷기는 언제 돌이켜봐도 유쾌하다.

가을 어느 날 2시, 나는 자유의 몸이 되었다. 나와 내 책상 사이에 드넓은 여유 공간을 만드는 날이 오길 학수고대하던 차였다. 책상 앞에 앉아있는 일이 즐겁지 않아서가 아니다. 되레 즐거운 날이 더 많았다. 누구나 몸에 익숙한 일상적 환경이 유익할지라도 때때로 정신적인 환경에 변화를 주고 싶어 한다.

하지만 평온함 속에서 남 신경 쓰지 않은 채 게으름 피우며 자유의 달콤함을 만끽하고픈 유혹은 너무나 강했다. 그래서 나는 오후 내내 하는 일 없이 빈둥거렸다. 그러다 이튿날 동이 트기도 전에 부츠를 꺼내 신고 가방을 둘러멘 후 밖으로 나왔다.

뜻밖에도 나와 책상 사이에 여유 공간을 만드는 일은 쉽지 않았다. 도시가 먼지를 일으키며 북적거리기까지는 서너 시간 더 지나야 했고, 시골 진흙길이 사람

맞을 채비를 갖추는 데도 서너 시간은 더 있어야 했다. 지루한 거리가 언제 마침표를 찍을지 모를 판이었다.

수 킬로미터 걷는 동안 나는 한 사람도 마주치지 못했다. 내가 갈구했던 게 시골 풍경과 시골 음향이 아니었던가? 맞다. 내가 잊고 있었던 게 있다. 극심한 단조로움을 보상해주는 게 하나 있었던 것이다.

교외 저 깊숙이 허름한 통나무집 벽이 남쪽을 보고 서있었다. 벽에는 어릴 적 인도에서만 볼 수 있었던 메꽃이 흐드러지게 피어있었다. 매혹적인 광경이었다. 여러 색조를 띤 꽃봉오리들은 태양을 향해 자신의 아름다움을 노골적으로 외치는 듯했다. 저마다 고유 색깔로 소리치는 듯했다. 아, 얼마나 다채로웠던지! 하얀 꽃가루를 묻힌 비단 자주색 꽃잎은 그처럼 깊고 부드러울 수 없었다. 색깔이 얼마나 심오하고 예리했던지 꽃잎은 시공 한계 밖 미스터리하고 자비롭고 신성한 것들의 결정체였다.

"들녘 백합을 보라. 어떻게 성장하는지 보이는가. 백합은 애써 노력을 기울이지도 몸을 흔들지도 않는다. 그저 너에게 이렇게 속삭일 뿐이다. 천하의 솔로몬 왕일지라도 배열과 질서에 있어서 백합만큼 뛰어날 순 없다."

나는 그 이전까지 이렇게 의미심장한 말을 들어본 적이 없다. 백합처럼 단순한 꽃잎과 비교하면 인간의 모든 위대함이란 게 얼마나 보잘 것 없고 때 묻은 것인가. 또 얼마나 훼손되고 일그러진 것인가. 그렇다면 왜 자연만 홀로 조물주의 눈앞에서 보란 듯이 웃을 수 있고, 인간은 주님의 눈에 띄지 않게 자신을 감춰야 하는 것일까? 아, 여기, 이에 대한 해석 아니 그 이상의 문장이 있다.

"모두가 죄인이라 하느님의 영광을 누리지 못한다."

눈부신 꽃봉오리들은 많은 상념을 불러일으켰다. 자연을 노래한 모든 시인이 자연미가 촉발하는 감정을 드러낼 표현을 찾으려고 그 얼마나 뼈를 깎는 노력을 했던가! 그럼에도 여태껏 완벽한 성공을 거둔 시인은 없다. 아름다운 사물과 아름다움을 인지하는 마음과 그리고 아름다움을 짓는 손 사이를 잇는 숨은 고리가 발견되기 전까지는 그 누구도 성공을 거두지 못하리라.

때때로 일몰 장면이나 평범한 경치, 푸른 초원, 혹은 어린 고사리가 어느 순간 귀가 멍멍하고 어지러울 만큼 강렬한 환희와 전율을 불러일으킨 적이 있지 않는가? 위대한 힘은 느닷없이 임한다. 잠시 육신화한 아름다움이 신성한 존재라는 걸 드러낸다. 이어 우리는 거부할 수 없는 충동에 휩싸여 아름다움에 자신을 내맡겨버린다. 아름다움이 이끄는 대로 황홀경에 빠지는 것이다. 하지만 아름다움이 잡아끄는 곳이 어디인지 몰라도 우리는 그곳에 갈 수 없다.

이처럼 깊고 신비로운 감정을 입 밖으로 표현한 시인 가운데 가장 성공한 인물은 워즈워스가 아닐까 한다. 다음 시 구절에 필적할 만한 것이 과연 있을까. 이 시는 끊임없이 사람의 입에 오르내리게 될 것이다.

"나는 자연을 바라보는 법을 배웠다네.
철없는 젊은 시절에는 몰랐네.
때때로 고요하고도 구슬픈 음악이
거칠지도 삐걱대지도 않은 채
넘치지도 모자라지도 않게 내 안에 흐르네.
환희 속에서 어떤 존재를 느꼈다네.
한껏 달뜬 생각이 나를 깨운다네.
아득하게 깊은 곳에 침투해오는
저무는 햇살에, 이울대는 대양에, 움틀대는 대기에,

푸르른 하늘에, 인간의 마음속에 나의 거처가 있다네.
사고하는 만물과 만물을 향한 사고는
만물을 움직이게 하는 원동력이라네."

"For I have learned
To look on Nature, not as in the hour
Of thoughtless youth; but hearing oftentimes
The still, sad music of humanity,
Nor harsh nor grating, though of ample power
To chasten and subdue. And I have felt
A presence that disturbs me with the joy
Of elevated thoughts: a sense sublime
Of something far more deeply interfused,
Whose dwelling is the light of setting suns,
And the round ocean, and the living air,
And the blue sky, and in the mind of man:
A motion and a spirit, that impels
All thinking things, all objects of all thought,
And rolls through all things."

워즈워스의 시,「틴턴 수도원(tintern abbey)」

워즈워스가 이처럼 한껏 고무된 음조를 띤 시를 더 많이 창작했더라면 얼마나 좋을까.

이 구절은 내게 가치를 따질 수 없을 만큼 귀중하다. 이 시는 아슴아슴 겉으로 드러나지 않는 내적 표현의 총화다. 이는 시라면 마땅히 갖춰야할 기본이다(러스킨이 강조했던 말이다). 그래서 더욱 경이로운 구절이다. 막스 뮐러(Max Muller, 『독일인의 사랑』의 저자이자 비교종교학

자. 옮긴이)는 모든 종교의 기초는 "무한한 것, 즉 신의 사랑을 좇으며 상상할 수 없는 것을 상상하고, 말할 수 없는 것을 말하려는 몸부림."이라고 말했다. 워즈워스의 '시구'는 그 어떤 종교가 구축한 교리보다 그런 목표에 더 가까이 다가간다.

워즈워스는 외부 자연과 인간 영혼, 이 둘의 밑바닥에 흐르는 영적 통일성을 똑똑히 보았다. 아마 워즈워스 이전에 워즈워스만큼 선명하게 그것을 본 사람은 없을 것이다.

이쯤에서 나의 걷기 이야기로 돌아가야겠다.

• • •

내가 떠나려던 마을을 채 벗어나기도 전에 한 젊은이와 만났다. 흥미롭게도 그는 겉으로는 나와 똑같은 동기와 계획을 가지고 있었다. 번잡한 도시에서 1년간 갇혀 지낸 후 시골에서 마음껏 즐거운 시간을 갖기. 즐거움을 극대화하기 위해 두 발과 나무 지팡이를 운송수단으로 이용할 것. 오직 두 가지였다. 하지만 그것은 말뿐임이 드러났다. 왜냐하면 비록 짧게 어울렸지만 그는 자연의 매력 앞에 완전히 까막눈이었기 때문이다. 좋은 매너에 겸손함을 갖추긴 했지만 시골의 묘미를 발견하는 데 보탬일 될 동행자로는 낙제점이었다. 그의 부정적인 눈과 귀는 나의 긍정적인 눈과 귀에 거슬리는가 싶더니 결국엔 압도해버렸다.

나는 언제라도 가장 하찮고 무의미한 자연의 작품 앞에서 경탄할 자세가 돼 있다. 또 작품 표현이 아무리 진부하더라도 칭찬을 아끼지 않고, 가장 조그만 조약돌이 말하는 가장 긴 설교에도 귀 기울일 준비가 돼 있다. 하지만 동료 산책자에게 눈과 귀를 닫은 채 어떻게 하면 반감을 가질까 궁리하는 짝 옆에서 그렇게 하기란 물으나 마나이다. 스쳐가는 풍경 중 그가 가장 골똘히 관찰하며 탄성을 내뱉은 적이 있다. 그때 나는 "그건 감자밭이야."라고 무심코 중얼거렸다. 그는 기분이 상했겠지만 내가 그를 흠잡으려는 나쁜 의도는 털끝만큼도 없었다.

이른 아침 해가 짙은 잿빛 구름 사이를 비집고 나오려 애쓰고 있었다. 마침내 나무들 머리 위로 기분을 북돋우는 햇빛이 쏟아졌다. 저 아래 호수 수면 위로는 반짝반짝 은빛 세례가 내려졌다. 빛으로 불타는 초원, 햇빛 보화로 가득 채운 대기. 어리지만 우아한 단풍나무는 포도주가 무르익는 계절의 미내드(Maenad, 술 취한 무속신, 술취한 여성. 옮긴이)처럼 자줏빛을 머금고 하늘을 향해 횃불을 세차게 흔들었다. 아침이야 오든 말든 상관없다는 투다. 옻나무와 화려한 버지니아 담쟁이덩굴은 환하게 불타올랐다. 하지만 이 모든 것이 그 사람 눈에는 하나도 들어오지 않았다. 큰길 옆 감자밭은 그에게 그저 감자밭일 뿐, 그 이상은 아니었다.

참, 그에 따르면 감자밭은 한 뙈기 밭 그 이상이긴 했다. 그건 가치를 따질 수 있는 재산의 한 부분이고 도시에 수용될 때 현금으로 거래하면 약 30센티미터당 3분의1 할인되며, 1년에 2회 분할 납부 가능한 땅이며……

대충 들었음에도 이 정도의 전문용어가 내 귀 속으로 파고들어 왔다. 부동산이 사람의 관심을 빨아들이는 주제라는 건 나도 흔쾌히 인정하는 바이다. 그러나 자연과 사귀러 나온 사람은 복잡한 돈 계산이나 물물교환, 상거래 따위와 마주치기를 대놓고 바라지 않는 법이다. 워즈워스의 시가 귓전에 맴돌 때 물물교환이니 상거래니, 새와 수풀이 '날 좀 보소' 하며 옹알거릴 때 회사니 이사회니 하는 것들은 약 처방전 용어를 빌어 말하면 '혼합 불가'이다.

• • •

이런 두 가지 이유가 나의 길동무에 대한 불만이었다. 그래서 그와 헤어졌다. 나는 샛길로 빠졌고 그는 계속 큰길로 갔다. 미안한 마음이라곤 한 점도 없었다.

잠깐 동안 친구, 동료들과 떨어져 지내면 유익한 점이 있다. 친근함은 무시를 낳는다고 한다. 이 말은 개개인은 물론 집단의 경우에도 들어맞는 듯하다. 아무튼 그가 일시적 독거생활을 끝내고 되돌아오면 성격이 한층 더 부드러워지고 상대방에게 더욱 친절하고 관대해지리라. 그런 이유로 나는 하나도 미안하지 않았다.

큰길 위엔 호기심 가득한 눈으로 나를 쳐다보는 사람이 무척 많았다. 그들은 쾌감을 얻기 위해 걷는 행위를 도무지 이해하지 못했다. 한 성마른 주민이 물었다. "(걷는 게) 돈이 덜 드니까, 맞지요?" '또 돈 타령이구만!' 그는 그러면서 호텔 숙박비가 기차요금보다 훨씬 더 나간다는 수수께끼 같은 말을 했다.

• • •

흔히 홀로 여행을 떠나면 오락거리를 찾는다. 잔뜩 기대에 부푼 마음은 눈에 보이는 것, 들리는 것, 냄새나는 것, 모두를 그러모은다. 그러면서 마치 전리품을 보관하듯 즐기다 남은 것들을 저장해둘 보관소를 지으려고 또 다른 마음 하나를 갈구한다. 이윽고 계속되는 관찰에 싫증을 느낀 나머지 동료가 옆에 있으면 더 바랄 게 없다고 여긴다.

나는 은연중에 매콜리(Macaulay, 영국 소설가. 옮긴이)를 흉내 내고 있다는 사실을 알게 됐다. 구체적인 것 대신 밀턴 같은 사람을 인용하면서 추상적인 것에 매달린다는 사실. 정말이지 밀턴의 시보다 더 풍부하고 낭랑하게 들린 것은 온타리오 호수에 출렁거리던 파도 소리

뿐이었다. 내게 밀턴의 시구는 일종의 덫이다. 귀를 꽉 붙들어버린 나머지 정신을 혼미하게 만든다. 산문으로 따지면 존 러스킨이 그렇다.

• • •

출발지는 토론토였다. 토론토에서 서쪽으로 향해 온타리오 호수 북쪽 연안, 킹스턴 로드로 잘 알려진 곳으로 갈 터였다. 킹스턴 로드는 이 나라에서 가장 오래된 도시 가운데 하나로 그랜드트렁크 철도(Grand Trunk Railway, 캐나다 온타리오와 퀘벡 지방을 연결하고 미국 북동부 지역을 잇는 철도로 1850년대부터 개설되기 시작했다. 옮긴이)의 효시가 된 곳이기도 하다. 킹스턴 로드는 그랜드트렁크 철도 노선을 따라 펼쳐져 있다.

철로에서 바라본 풍광은 아주 단조롭다. 기름진 농토와 농가, 과수원이 옹기종기 모여있고, 소나무, 전나무, 느릅나무, 단풍나무, 낙엽송, 너도밤나무 등이 빼곡히 늘어서있다. 캐나다 어디서든 흔한 풍광이다. 여기저기에서 내려온 작은 강은 호수로 달려간다. 강물은 호수에 닿기 직전 무수한 절벽을 만나기도 하는데 그 높이가 25~30미터에 달한다. 길에서 마주치는 젖소, 양, 돼지 등을 보면 이곳 주민들이 무엇을 업으로 삼고 있는지 알게 된다. 이들은 또한 드넓은 보리밭과 밀밭에서 땀을 흘리고, 광활한 과수원은 어디에 내놔도 적

수가 없는 캐나다 사과를 가꾸느라 분주하다. 가지에 달린 크고 작은 사과들은 여행객을 향해 '반짝' 하며 빛을 쏜다.

킹스턴 로드는 이름 그대로 왕의 도로이다. 바닥은 단단하고, 여행에 안성맞춤이고, 통행자들로 북적거린다. 길이 끝날 때까지 동화에서나 볼 것 같은 촌락이 숲과 들녘 사이에 촘촘히 서있다. 15킬로미터, 25킬로미터, 혹은 30~50킬로미터마다 이 촌락들은 뭉쳐져 소읍이 되거나 도시를 이룬다. 때때로 도로와 철로를 마주치기도 한다. 그럴 때마다 공장과 창고가 불쑥불쑥 튀어나온다. 호숫가를 따라가다 보면 드문드문 곡물저장소와 부두가 나타나기도 한다.

이것들이 흥미롭다고는 말하지 못하겠다. 비록 킹스턴 로드의 구성원이긴 해도 이 촌락들은 대개 중심 거리에서 벗어난 낙오자이다. 킹스턴 로드 위 다른 지역과 달리 눈에 띄는 것은 깔끔하지 못한 촌락의 외관과 목재 포장도로이다. 목재 포장도로는 중심지에서 외곽으로 갈수록 좁아져 마지막엔 널빤지 하나 크기로 변한다. 외곽지역의 목재 포장도로는 '연인의 산책길'이라 불렀다. 이름만 그런 게 아니라 실제로 그랬다. 촌락은 유별난 흥미를 주지 않았다. 촌락은 오래되지도 않아 역사적 전통이랄 것도 간직하지 않았다. 촌락에게 도드라지는 개성은 하나도 없는 것만 같았다.

• • •

일전에 고요한 농촌 마을에 대해 이야기한 바 있다. 일요일 오후의 캐나다 농촌 마을보다 고요한 곳이 세상 어디에 있을까. 그때 마을 안에 있는 모든 것들은 생명을 상실한 듯하다. 사방은 쥐죽은 듯 조용하다. 길 가던 행인이 기침이라도 할라치면 그 소리에 행인이 스스로 깜짝 놀랄 판이다.

젖소 두 마리가 외양간 쪽으로 어슬렁어슬렁 걸어간다. 가꾸지 않은 앞뜰 위로 무르익은 사과 하나가 툭 떨어진다. 이처럼 절반쯤은 죽지 않고 살아있다는 신호들이 그나마 위안이라면 위안이다. 거무충충한 옷을 껴입은 젊은이 패거리가 길모퉁이 여관 벽에 기댄 채 주위를 살피며 시거를 피우고 있다. 마치 말을 묶는 말뚝에 걸려있는 닳고 닳은 고삐처럼 보였다.

신물이 났는지 오후 햇살이 힘을 잃고 너저분한 공터 위로 비스듬히 쓰러진다. 공터에선 잡초들이 햇살을 이겨내며 꽃들의 패권을 넘보고 있다. 텅 빈 베란다에 바른 페인트는 군데군데 물집이 잡혀있고, 잔뜩 먼지를 뒤집어쓴 풀들은 언제라도 길을 집어삼킬 듯하다.

여관 안으로 발을 내딛는다. 한기가 느껴진다. 온갖 용도로 사용되는 휴게실에는 화강암이 3분의 2가 떨어져 나간 스토브가 건조한 열기를 내뿜는다. 숨이 턱턱 막힌다. 끝을 한껏 올린 나무 의자들이 놓여있다. 젊은이들이 어슬렁거리다 그 위에 앉는다. 그들은 한 마디도 하지 않고 담배 연기만 내뱉는다. 그리고 '퉤' 침을 뱉는다. 침을 얼마나 뱉어대던지. 그들은 끊임없는 발사되는 침을 전혀 의식하지 못하는 듯하다. 하지만 나는 앉으면서 깜짝 놀란다. 연극 무대에서 쏜 권총 발사에 과민하게 반응하는 아줌마 같다.

어느새 예배당 종이 댕댕 울린다. 아무도 개의치 않는다. 종 하나는 금이 갔다. 그 탓에 화음이 엉망이라 종들은 가장 오래 우는 자가 이기는 경주를 벌이는 듯했다. 약 1시간 간격으로 젊은이들은 몸을 옮기는데 흡사 무시무시한 권태로부터 마침내 미량의 안도감을 찾았다고 느끼는 듯하다. 그런데 그들이 그런 권태감을 표현이나 할 수 있을까. 예배가 끝나려나 보다. 젊은이들은 밖으로 나와 문 앞에 모여 서성인다. 강렬한 노란빛이 길을 가로질러 흐른다. 동시에 그것에 실려 성스러운 냄새가 확 끼쳐온다. 대부분 등유라고 여길 터이다.

예배당에서 나온 숙녀들은 그들을 기다리던 젊은이들과 인사를 나눈다. 서로 호감을 주는 묘하고 요란한 웃음소리가 들리는가 싶더니 저 어스름한 길 안으로 서서히 사라진다. 순간 모든 것이 다시 고요 속에 가라앉는다. 나이 먹은 오르간이 부르는 느리고 구슬픈 찬

송가 소리만 사방으로 퍼진다. 이 작은 마을은 땅속에 묻혀있는 동양의 도시 같다.

• • •

겉보기에 평화롭고 한적한 마을, 그럼에도 이곳은 의심할 여지없이 그 나름의 비극을 간직하고 있다. 실제로 안타깝기 그지없는 비극을 두 눈으로 똑똑히 목격했다. 내가 이 마을에 온 지 몇 시간이 지났을 무렵이다. 젊은이들이 꼴불견 행태를 보였던 그 여인숙에서였다. 한때는 휴머니티의 단면이었을 두 가지 장면은 쳐다만 봐도 마음 아팠다.

셋째는 '희망 부재'의 장면이다. 피골이 상접한 알코올중독자가 있었다. 너덜너덜한 셔츠와 흔적을 찾기 힘든 바지를 입고 있었다. 발보다 큰 닳아빠진 모직 슬리퍼를 질질 끌고 다녔다. 술을 다 마셨지만 그의 턱수염에는 여전히 술이 대롱대롱 매달려 있었다. 메스꺼운 한편 불쌍한 몰골이었다.

그밖에 다른 것은 차원이 달랐다. 비록 술이 그를 망쳐놓긴 했지만 그의 얼굴에서 뻔뻔스러움이나 무모한 도전 끝에 맞부닥뜨리는 절망은 찾아볼 수 없었다. 흔히 술꾼들은 그 같은 뻔뻔스러움과 절망 탓에 사람의 힘으로는 어찌지 못하는 구제불능이라는 낙인이 찍히는 게 예사다.

사람들은 그를 '박사'라 불렀다. 통통하고 배가 튀어나온 풍채는 그의 태생이 어떠하고 무슨 교육을 받았는지 짐작케 했다. 무엇이 그를 그렇게 만들었을까? 추측만 해볼 뿐이다. 여자가 원인일까? 만약 그렇다면, 그녀는 누구이고 지금은 어디에 있을까? 다른 누군가와…… 다 부질없는 생각이다.

또 다른 장면의 주인공은 여성인데 그녀는 더 애처롭다. 표정을 지을 때마다 도드라지고, 제스처할 때마다 표출되는 그녀의 모토는 "괴로움을 아는 건 가슴"(The heart knoweth its own bitterness, 영국 속담이다. 옮긴이)이다. 그녀는 키가 크고 가무잡잡했다. 과거엔 한 미모 뽐냈을 것 같은 노처녀, '서른 살의 여자'(femme de trente ans, 발자크 소설의 제목. 옮긴이)는 우리 테이블을 맡아 시중들었다. 하지만 철저히 무심한 태도로, 또 돈같이 덧없는 물질에 전혀 관심이 없는 듯한 그녀의 태도는 서비스를 받는 사람으로 하여금 경외심을 품게 만들었다. 그녀의 얼굴에 드러난 안정되고 꿋꿋한 인상은 그날 하루 종일 내 머릿속을 떠나지 않았다. 접시와 그릇을 옮길 때의 그 흔들림 없는 무심함은 어떤 기계도 흉내 낼 수 없으리라.

그녀 머릿속 생각의 편린들은 저 멀리 과거에서 맴돌고 있었다. 그 편린들을 현재로 데려올 수 있는 것은 이 지구상에 없어 보였다. 카토(Cato, 로마시대 정치인. 그의 동상은 딱딱하고 시큰둥한 얼굴을 하고 있다. 옮긴이)의 동상만큼이나 웃음기가 없었다. 이 얼마나 애처로운 일인가. 오죽했으며 우리 가운데 하나가 한 순간이라도 그녀가 마음의 평화를 찾기를 간절히 바랬겠는가.

그녀는 망각이라는 것을 하지 않는 것일까? 그녀가 골똘히 생각하는 것은 무얼까? 그 여자의 가슴과 뇌가 견뎌야 할 긴장 상황은 얼마나 가혹한 것인가. 아, 비극이여! 그렇다. 세상 어디에나 비극은 존재하는 법이다.

• • •

일요일의 자그마한 시골 마을은 그러했다. 따져보면 바쁘고 앞만 보며 내달리는 도시 생활을 뒤로 한 채 시골에 머물 때는 하루하루가 일요일과 다를 바 없다. 그곳에 자유 시간, 평온함, 안식이 있기 때문이다. 그리고 저 먼 들판에는 고요한 청정이 있기 때문이다. 이것들은 시골 전체에 스며들어 알게 모르게 주민들에게 영향을 주고 있다. 그리고 시골 여행자도 서서히 이 평온함에 영향을 받는다.

늘 푸른 초원, 부드럽게 떨리는 나뭇가지, 구름을 베개 삼아 꾸벅꾸벅 조는 햇살. 이 모두는 사색적이고 평화로운 휴식을 즐기는 데 한몫 거든다. 그윽하고 고요한 여행자의 눈은 풍성한 열매를 딴다. 자애로운 자연에 자신을 내던진다면 엄청난 것을 얻는다.

홀로 자연을 마주해보라. 끝없는 창공을 머리에 이고, 광활한 대지에 둘러싸여 천지장구(天地長久) 속에 홀연히 서있어 보라. 당신은 아미엘(Henri Fre'de'ric Amiel, 19세기 스위스 도덕 철학자. 옮긴이)이 간파했듯 무한과 얼굴을 맞대고 소통하고 있음을 느낄 것이다. 그럴 때면 삶에서 중대한 것이 무엇인지 불현듯 깨닫는다. 정신의 거울에 느닷없고 강렬하고 생생한 이미지가 불쑥 떠오르는 것이다. 바로 시간과 공간이다.

흡사 밤의 어둠처럼 시간과 공간은 전멸된다. 지상에서의 한계성은 산산이 부서져 사라진다. 그리고 상대적인 것, 제한적인 것, 한정적인 것의 경계를 초월한 존재의 영역이 그 모습을 드러낸다. 만물이 한 핏줄이라는 사실, 즉 통일성이 무한한 영역에 걸쳐 있음을 깨닫게 된다.

비례와 대조라는 단어는 그 의미를 잃는다. 대(大)와 소(小)도 없고 중요한 것과 하찮은 것의 구별도 없어진다. 가장 미세한, 사소한 물체라도 전체(全體)의 필수적인 일원이기 때문이다. 그것이 없다면 전체는 더는 살아남지 못한다.

• • •

호기심 가득한 사색가 콜리지(Samuel Taylor Coleridge, 영국 태생의 시인이자 문학평론가. 옮긴이)가 '사고의 반(半)구현체'라 부른 이것은 고독한 걷기를 통해 환기된다. 전체란 무엇이었을까? 만물에서 내가-천지지간 두발로 꿈틀대는 개미 같은 미물인 나-차지하는 부분은 어느 정도였을까?

나는 평평한 대지를 쭉 훑어보았다. 그리고 지구는 평평한 게 아니라 둥글다는 사실이 떠올렸다. 지구상의 한 부분으로서, 만물의 한 요소로서 '나'는 보잘것없다는 사실을 기억해냈다.

또 하늘을 올려다보았다. 태양이 마음껏 생기발랄함을 발산하고 있었다. 나는 밭에 뿌려진 씨앗처럼 우주에는 또 다른 태양이 셀 수 없이 많다는 사실을 떠올렸다. 우리 은하계 태양은 아마 그 무리 가운데 가장 미미할 것이다.

밤이 찾아왔고 별이 빛났다. 나는 내가 본 거라곤 단춧구멍만 한 내 눈에 들어오는 별빛뿐이라는 사실을 떠올렸다. 그러면서 위대한 전체에 비해 하늘에 떠있는 무수한 것들은 태양이나 지구가 차지하는 비중만큼 보잘것없다는 점을 기억했다.

그래도 우리는 보잘것없는 존재일 뿐이지 무가치한 존재는 아니다. 아무것도 아닌 것은 아니란 뜻이다. 오히려 경이롭기 그지없다. 그렇기 때문에 적어도 내 눈엔 꿈틀대는 미물인 우리 자신은 무가치하기는커녕 무척 존귀한 존재이다. 우리가 겪는 가벼운 고통과 통증은 물론 의심하는 행위 또한 지극히 진실된 것이다.

아무리 많은 태양들이 우리 머리 위에서 빙글빙글 돈다할지라도 우리가 사는 작은 세상의 중심은 적어도 우리였다. 아무리 놀라운 과학적 사실일지라도 이 같은 자기중심적 관점을 훼손하거나 바꿀 순 없다, 아무것도 아닌 게 아니라면, 그래서 광대한 공간 속에서 존귀한 것이라면, 그것의 정체는 도대체 무엇인가? 단춧구멍만 한 눈 속으로 들어온 것이 촉발한 우리 안의 무언가는 빛보다 빨리, 시야를 뛰어넘어 스스로를 내던지며 존재의 광대무변함에 대해 질문을 던지게 하는데, 어째서 그런 일이 벌어지는가? 우리의 고통과 통증, 그것은 전체에게 아무것도 아닌 것이었나? 하지만 지구는 자전했고, 태양은 가라앉았고, 심해(深海)의 얼굴 위로 어둠이 퍼졌다.

• • •

생각해보니 다시 저마다의 성소(聖所)로 되돌아가는 게 좋겠다. '구름처럼' 형체가 없고 불가해한 '익명이 살고 있는 곳'으로. 우리에겐 세속적인 관심사가 너무 많다. 현실에서 우리는 일상적인 세상만사가 보잘 것 없다는 점을 지속적으로 상기시킨다. 다만 우리는 이를 드러내지 않을 뿐이다. 결국 세상만사에서 드러나듯 무한의 한계, 즉 시간과 공간을 극복하려 발버둥치는 것 외에 무엇이 있겠는가? 또한 무한을 인식하려고 발버둥치는 것 이외에 무슨 다른 생각이 있겠는가?

• • •

이렇게 광범위하게 조망하다보니 또 다른 생각이 떠오른다.

끝없는 들판과 끝없이 푸른 호수는 이상(理想)의 구현 불가능성을 상징하는 것만 같다. 나는 들판과 하늘 앞에서 무장해제 당했다. 들판과 하늘이 얼마나 아름다웠던지 나는 다소 알려지지 않은 길을 택해 환희를 실컷 맛보고 싶었다. 들판과 호수는 내 발아래 놓여있었지만 지평선까지 뻗어나가 내가 다다를 수 없는 영구불변의 하늘에서 만났다.

들판은 푸르렀다. 내가 서있는 곳을 빼곤 죄다 푸르렀다. 물은 파랬다. 목을 축이려고 집어든 컵 속의 물만 빼고 죄다 파랬다.

하지만 수묵화 같은 풍경 앞에서 존재론적이며 심리학적인 사색을 한다는 것은 한계가 있다.

두 발보다 중요한 준비물은 없다

지금까지는 시골 산책만 다뤘다. 도보 여행 혹은 도보 관광의 경우에는 신경 쓸 게 더 많다. 마음을 비우는 도보 여행이 되려면 필요한 것이 있다. 바로 치밀한 사전 준비다. 이는 가고자 하는 지역에 따라 달라진다.

숙박시설이 풍부한 곳이라면 짐은 최대한 줄여야 하고 숙박시설이 드물거나 없는 곳이라면 먹거리와 옷이 매 순간 중요해진다. 뻔한 얘기처럼 들릴지 모르겠다. 하지만 적잖은 여행자들이 집으로부터 멀리 나와 몸이 젖고, 배고프고, 피곤에 지칠 때야 비로소 이 뻔한 진리를 통렬하게 절감한다.

얼마 못가 식량이 떨어지는 사태를 맞지 않도록 식량은 넉넉히 챙겨가는 편이 낫다. 왜냐하면 배고픔은 정신 건강에 좋지 않기 때문이다. 추위와 배고픔은 정신적 침울을 수반하는 탓에 여행의 즐거움을 앗아갈 뿐만 아니라 여행자의 열정도 빼앗는다. 따라서 불편함을 겪지 않도록 만반의 준비를 갖춘 뒤 길을 떠나라.

이것은 사치가 아니라 상식이다.

장거리 여행이라면 가능한 짐을 미리 부쳐라. 동행 없이 홀로 떠나는 경우 당나귀라도 빌리지 않는 한 식량과 옷가지를 등에 짊어지고 3~4일 내리 여행한다는 것은 불가능하다. 사냥하고 낚시하면서 다니지 않는다면 말이다. 그리고 그건 도보 여행이 아니라 스포츠나 탐사에 해당한다.

가장 먼저 신경 써야 할 것은 두 발이다. 이 또한 뻔하지만 잊어버려선 안 되는 지침이다. 오래 걸으면 발이 붓는다는 사실을 기억하고 부츠가 발에 잘 맞는지 체크하라(여행 새내기에게 하는 말이다).

만약 당신이 걷기에 익숙하지 않다면 부츠 안에 넣는 가죽 깔창을 미리 깔고 출발하는 게 좋다. 발이 퉁퉁 부어오를 때 깔창을 빼내면 된다. 부츠보다 일반적인 신발을 신고자 할 때 겨울철 습기나 여름철 흙먼지를 차단하기 위해 각반이나 연마제를 이용할 것을 권한다. 나는 발에 물집이 잡혀 고생한 적이 딱 한 번 있다. 테니스 운동화를 신고 흙먼지 이는 길을 100킬로미터 걸었던 8월 어느 날이었다.

갈아 신을 양말 두어 켤레도 챙겨야 한다. 인구가 많은 지역을 여행할 때는 가벼운 신발 한 켤레는 갖고 다녀라. 우연히 친구를 만나 저녁이라도 함께 먹게 되면 가벼운 신발이 쓸모 있다. 칼라 셔츠를 한 두 개 쯤 가져가는 것도 좋다. 초대받은 집 안주인이나 숙소의 주인은 흔히들 도보 여행자 행색이 추레하면 눈살을 찌푸리기 마련이다. 나는 언젠가 미국 쪽 나이아가라 폭포 가에 위치한 최상급 칼텐바흐 호텔 정찬 테이블에 앉은 적이 있다. 나란히 초대받은 사람들은 백만장자처럼 차려입은 반면 나는 거친 플란넬과 트위드 소재 천으로 만든 옷을 걸쳤다. 그래서 살짝 불편했다.

똑똑한 사람은 하나를 들으면 열을 안다. 저녁식사 자리 초대를 거절하지 말라. 나폴레옹의 충고를 따르면, 당신이 지나치는 마을이 당신을 지원하게 만들어라. 식량이 모자라면 도움이 되니까 말이다. 과일은-과일 주인과 감시견이 허용하는 한-가능한 한 많이 먹어둬라. 편식은 건강에 해롭다. 이 점을 과수원 주인에게 거리낌 없이 말하라. 그러면서 십시일반의 미덕을 호소하라.

• • •

여행자가 직접 불을 피워 간단한 저녁을 요리하는 즐거움은 무엇과도 비교할 수 없다. 지치지 않았다면 음식을 만들어 먹어라. 여행 요리에 대해 뒤에서 이야기하겠지만 불은 음식만큼이나 기운을 북돋워준다. 오래 걸은 후 모닥불 가에 녹초가 된 두 다리를 뻗으면 무언가 해냈다는 인간의 육체가 주는 성취감을 맛보게

된다. 어스름 녘이라 잘 분간되지 않지만 여전히 초록빛을 띤 원시의 숲은 여행자의 방이고, 기분 좋은 냄새를 풍기는 땅은 여행자의 침대이다. 구름 커튼이 쳐진 하늘을 텐트 삼아 누우면 코 속으로 나무 타는 냄새가 스며들고 가슴속으로 세속이 주지 못하는 안식이 번진다.

대리석 조각품이나 오크나무 조각이 정교하게 장식된 현대식 난로는 유목민이 피우던 불의 직계 후손이다. 난로는 인간이 뚝딱뚝딱거리며 만들어낸 인공물 가운데 매우 초창기 물건이며 문명의 첫 번째 프로모터이자 원생인류 가족을 종족으로 묶어준 접착제이다. '난로와 집'은 인류의 해묵은 감수성이다. 둘의 기원은 빙하기까지 거슬러 올라간다.

매서워지는 추위와 점점 죄어오는 얼음에 무서워 벌벌 떠는 '동굴 인간'을 떠올려 본다. 그는 나무 땔감을 그러모은 후 동굴에 웅크리고 앉아 불을 피운다. 악취 나는 모피 옷에서 떨어지는 불순물들이 불꽃에 타닥타닥 탄다. 자기 방어와 연료 보충을 위해 가족과 가족은 서로 연대한다. 이렇게 탄생한 제1호 인류 공동체가 최초로 만들어진 난롯가에 숨죽인 채 쪼그려 앉는다. 이야기가 오가고 시간이 지날수록 친분이 도타워진다. 진실로 사람과 사람 사이에 마음의 짐을 나눠 짊어지는 행위가 첫발을 뗀다. 이 얼마나 신기한가.

벽이 새까맣게 그을린 동굴의 어두운 구석에서 사랑

도 싹텄을 터이다. 그 사이 모닥불 옆에서 한껏 배를 채운 머리 희끗한 사냥꾼이 코를 골며 자고, 이빨 빠진 노파가 손짓 발짓으로 덤 크램보(몸짓으로 단어의 운(韻) 맞추는 게임. 옮긴이)을 하며 이러쿵저러쿵 스캔들을 퍼뜨렸을 것이다. 이 얼마나 황홀한가.

뽀얀 타일과 빤질빤질한 황동이 장식돼 휘황찬란한 벽난로 주변에 지금도 선사시대 유형의 집단이 모여든다는 것은 전혀 놀랄 일이 아니다. 제단과 난로를 위하여!(Pro aris et focis, '신과 가정(고향)을 위하여'라는 의미로 군대, 학교 등에서 모토로 곧잘 사용된다. 난로는 자신이 속한 고유 집단을 상징하는 의미로 확장됐다. 옮긴이) 연기 피어오르는 제단은 평범한 난로를 신성시 한 상징물이다.

걷기 여행자의 짐은 철저해야 한다

식량에 대해 말하자면 베이컨, 밀가루, 콩은 상비품이다. 고농축 휴대 식량에 대해 더 알고 싶으면 탐험가 프리드쇼프 난센의 주도면밀하게 작성된 식량 리스트를 참조하는 게 유익하다(그의 책 『북쪽 가장 먼 곳, Farthest North』을 보라). 초콜릿도 조금 필요하다. 초콜릿은 배고픔을 지연시키고 영양도 보충한다. 휴대하기 힘들지만 우유도 도움이 된다. 우유는 소화가 잘되고 지구력을 향상시킨다.

속옷은 양모 소재로 마련하고, 헐겁게 입어라. 상하 겉옷도 헐겁게 입도록 한다. 그리고 재단사에게 옷을 맡겨 포켓을 가능한 많이 만들어라. 눈에 보이는 곳이든 그렇지 않은 곳이든 깊고 넓은 포켓을 최대한 확보하라.

쓰거나 스케치할 노트 혹은 카메라도 챙겨라. 모든 도보 여행자는 저마다 취미가 있기 마련이다. 이 취미를 걷는 동안 마음껏 즐겨야 한다. 삶을 즐기지 않는다면 걷기가 도대체 무슨 소용 있겠는가.

마지막으로, 잊지 말아야 할 것이 있다. 인적이 많은 곳으로부터 멀지 않은 곳에서 여행을 다닌다면 지인이나 주민의 허다한 배려에 번번이 신세지게 될 것이란 점이다. 변변찮은 변화만 있어도 적잖은 고역은 누그러뜨려진다.

이상과 같은 물건에 붕대, 클로로다인(진통제 일종) 소량, 코냑 약 100그램, 지혈제, 바늘과 실, 면도칼 및 비누가 더해지면 충분하다. 또 안경 쓰는 사람은 여벌의 안경을 챙기는 걸 명심해야 한다. 그밖에 담배와 튼튼한 지팡이 그리고 넉넉한 양의 성냥은 수일 동안 당신에게 길동무가 되어줄 것이다.

• • •

식량 못잖게 마실 것도 유의해야 한다. 술은 일절 입에 대지 마라. 술을 마시면 긴 하루를 마칠 때 기진맥진한 채 땅거미가 지고 나서도 몇 킬로미터 더 행군해야 하는 사태가 벌어진다. 몸에 술이 들어오는 순간부터 알코올로 인한 흥분 상태에 돌입한다. 이때 우리 근육은 주문에 걸린 듯 망가져버린다. 보어 전쟁 때 레이디스미스(Ladysmith, 남아공의 도시. 옮긴이)를 탈환하기 위해 진군하던 보어 병사들 중 술을 입에 댄 사람은 마치 낙인찍힌 것처럼 단박에 표시가 났다고 전해진다.

내가 알기로 알코올을 현명하고 유익하게 이용한 사례는 이디스 엘머 우드(Edith Elmer Wood, 미국 주택 개혁가. 뉴딜 때 주택정책 입안에 참여했다. 옮긴이)가 쓴 『오버란트의 샬레(An Oberland Chalet)』에 담겨 있다. 그녀가 오빠 내외, 그리고 가이드와 함께 스트라레그 산악 코스를 오를 때였다.

"250미터 암벽을 오르는 내내 잠깐이라도 두 발을 딛고 쉴 만한 바위 턱은 하나도 없었다…… 양손의 감각을 모두 잃은 나머지 제대로 손을 쓸 수 있을지 확신이 안 섰다. 나와 내 동료의 목숨은 손아귀 힘에 달렸다. 그런데 손가락이 덜덜 떨리며 아파왔다. 손가락에 내 인내력을 집중시켰다. 앞으로 몇 분 뒤면 손가락들이 힘을 잃고 나를 배반할지도 모른다…… 몇 분 후 나는 밑을 내려다보지 않았다. 멀미하는 편은 아니지만 떨어질까봐 소름이 끼쳐왔다…… 그러다 혼신을 다해 작은 바위 턱에 올라섰다. 우리 모두의 발을 올려놓기엔 너무 작았지만 균형 잡는 데 신경쓰지 않고 버틸 수 있을 만큼 단단했다. 바위 턱에 멈춰 숨을 크게 들이마셨다. 그러자 누군가 '코냑'이라고 말했다. 전날 알프스 움막에서부터 우리는 모두 금주하기로 맹세하지 않았던가. 하지만 지금 이 순간 우리는 술이라는 자극제를 써보는 편이 낫다는 결론을 내렸다. 프레이터가 포켓 사이즈 보온병을 꺼내서 일행에게 돌렸다. 우리는 번갈아 가며 한 모금씩 마셨다. 액체의 원기가 목구멍을 타고 내려가는 기분이었다. 여태껏 경험하지 못한 마법이었다…… 내 인내심은 한계점에 다다랐다. 늦게 되더라도 절벽 정상에 도달하리라는 믿음을 잃어버렸다. 축 늘어진 몸을 일으켜 세울 체력이 더 이상 남아있지 않았다. 지칠 대로 지친 육신에 채찍질을 가할 기력도 잃었다. 무감각해진 손은 굳어지기 시작했고 폐는 헉헉대며 당장이라도 질식할 판이었다. 앞으로 갈 수도 되돌아갈 수도 없는 상황이었다. 마침 그때 목을 타고 내려간 두 티스푼 분량의 불같은 코냑 덕택에 내 손아귀는 힘을 되찾았다. 육체적으로는 물론 정신적으로도! 경련이 일어나는 손가락을 움직여보았다. 손가락들이 말을 듣기 시작했다. 깊고 길게 숨을 한 번 들이마시자 힘이 났다. 희망, 거의 자신감에 가까운 한 가닥 희망이 가슴속으로 파고들었다. 그리하여 우리는 살아서 정상에 닿을 수 있었다."

• • •

최고의 전천후 자극제는 차(茶)이다. 알렉산더 헤이그(Alexander Haig) 박사와 '요산'이라는 '음식 노폐물 최소화 방법'을 연구하는 영양사들은 차를 '저주받은 파괴자'로 치부한다는 점을 익히 알고 있지만 그럼에도

나는 차가 몸에 좋다고 말하고 싶다. 광부, 철도 건설 노동자, 벌목꾼 및 야외에서 일하는 미국인과 호주인 가운데 차를 마시지 않는 사람은 없다. 이는 차가 비록 어떤 의미에서 해롭다고 할지라도 노동에 보탬이 된다는 증거다. 꾸준히 많은 양을 마신 경우에만 해롭다고 봐야하지 않을까. 하지만 오랜 도보 여행 중 춥고 배고프고 피곤해 음식은 입에 대기도 싫을 정도로 '녹다운' 됐을 때 기운을 북돋워주는 자극제로 차보다 나은 것은 적어도 내겐 없다.

차가 특별히 효과를 발휘했던 적이 있다. 묽은 차였지만 효과는 확실했다. 비바람 속에 추위에 떨며 단조로운 시골길을 65킬로미터가량 걸었을까. 우리는 녹초가 된 채 목적지에 도착했다. 비록 모두가 허기져 있다는 사실을 알았지만(우리는 하루 종일 굶다시피 했다), 음식에 대한 생각이 싹 가셨다. 식당에 푸짐한 성찬이 차려져 있었는데도 말이다. 나는 식당에서 가장 큰 주전자에 차를 내오라고 주문했다. 차가 나오고 우리는 얼른 마셨다. 각자 몇 잔을 마셨는지 기억이 나지 않는다. 차를 다 마신 후 비로소 포크를 들었다. 그런데 저녁 식사가 끝나자 우리 가운데 한 명이 65킬로미터를 되돌아가자고 제안했다.

아마 헤이그 박사라면 순수하게 끓인 물을 마시라고

말할 것이다. 쳇! 하지만 내겐 묽게 타도 좋으니 차를 달라.

물론 뜨거운 우유도 기운을 북돋우는 우수한 자극제로 꼽힌다. 하지만 그 누가 팍팍한 다리를 끌고 다니는 와중에 뜨거운 우유를 마실 수 있겠는가. 만약 그게 가능하다면 우유는 형태와 상관없이 타의 추종을 불허할 것이다. 배고픔, 목마름, 피곤함이 불러온 깊은 심리적 침체로부터 여러 차례 나를 건져올려 만족스러운 기분을 안겨준 게 바로 우유다.

어느 무더운 여름날 나는 황량하고 메마른 길을 따라 걷고 있었다. 집은커녕 인적이라곤 찾아볼 수 없었다. 배낭은 물론 물병도 텅텅 비었다. 시냇물은 전혀 보이지 않았다. 제 시간에 목적지에 도착하기는 글렀다 싶었다. 나는 너무 상심한 나머지 만사가 귀찮아졌다.

그런데 기적이 일어났다. 황량한 들판 저편에서 한 남자가 젖소로부터 젖을 짜고 있는 게 아닌가. 두 눈을 의심했지만 헛것은 아니었다. 나는 곧장 그 남자에게 뛰어갔다. 짧게 인사를 주고받고 나서 최대한 정중하게 그의 수중에 있는 값비싼 액체 몇 모금 마실 수 없겠느냐고 물었다. 그러자 그는 양동이 하나를 가리키며 "맘대로 하세요."라고 말했다. 나는 양동이를 통째로 들고 입술에 갖다댔다. 적은 양이 아니었지만 나는 양동이 속 하얀 액체를 거침없이 들이켰다. 25센트 동전 한 닢과 함께 양동이를 내려놓는 순간 나는 완전히 다른 사람이 되었다. 아무리 먼 거리라도 우스워 보였고 우울함은 씻은 듯 사라졌다.

산책을 할 때, 특히 더운 날씨에는 몇 킬로미터 가지 않았는데도 피곤을 느끼는 경우가 많다. 하지만 그건 진짜 피로가 아니다. 수분 부족 현상이다. 이때 피부는 땀을 발산하고, 피는 진해지고, 혈청과 활액(滑液, 관절 연결 부위의 액체. 옮긴이)은 줄어들고, 몸속 찌꺼기의 배출 문제가 생긴다. 결국 근육과 힘줄이 매끄럽지 못하고 퍽퍽해진다. 이 모든 것을 정상으로 되돌리려면 수분이 풍부하게 공급돼야 한다. 나는 내 친구에게 이 원리를 들어 알고 있지만 적잖은 사람이 모르는 사실이다.

• • •

그러나 걷는 자는 저마다 자신의 요구사항을 가장 잘 충족시키는 음식을 스스로 찾아야 한다. 조금이라도 음식을 잘못 먹으면 하루 일정 전체를 망가뜨릴 수도 있음을 항상 염두에 둬야 한다. 쇳덩어리도 소화하는 20대의 위장과 무슨 난관이든 돌파할 수 있는 활력을 가지지 않은 다음에야 먹거나 처음 시도하는 것에 주의해야 한다. 그래야만 보고 즐기는 산책의 묘미를 맛볼 수 있다.

과거 쥐라(Jura, 프랑스 동부의 한 지역. 돌, 생클로드 등의 도시가 대표적으로 속해 있다. 옮긴이)를 여행했을 때이다. 나는 쥐라의 사랑스러운 산책길을 하루 이상 걸었다. 하지만 불행히도 그때 그러지 말았어야 했다는 후회가 든다.

그날 날씨는 더할 나위 없이 맑았다. 신록의 목장을 가로지른 길도 최고였고 관목 덤불이 무성한 언덕길도 마음에 쏙 들었다. 종잇장 같은 구름은 산꼭대기에서 바람을 타고 날아와 소나무 꼭대기에서 숨바꼭질하듯 사라졌다. 고개를 들어보니 하늘은 바다처럼 파랬다. 굽어보면 골짜기가 초록에 취해 있었다. 냇물이 선사하는 재주를 넘는 듯한 선율은 산 정상까지 들렸다.

그런데 아뿔싸, 식량도 없이 길을 나섰던 것이다. 딱딱한 롤빵 한 개와 정어리 통조림 한 개가 호주머니에 들어 있을 뿐이었다. 정오가 가까워지자 배에서 꼬르륵 소리가 났다. 나는 롤빵과 정어리를 눈 깜짝할 새 먹어치웠다.

결과는 참담했다. 창자가 꼬이더니 모든 감각이 무뎌졌다. 당연히 쥐라의 아름다움은 '아아!' 하는 탄식과 함께 증발해버렸다. 도보 여행자들이여 '마른음식'을 조심하라. 어떤 의사도 '마른 음식은 짐승이나 먹는 것'이라고 말하지 않았던가.

• • •

결국 거추장스러운 짐도 주인 입맛대로 결정되기 마련이다. 벨록(Hilaire Belloc, 프랑스 태생 영국 작가이자 역사학자. 옮긴이)은 툴(Toul)에서 로마까지 1,120킬로미터 걸친 도보 여행에 나설 때 '기다란 빵, 훈제 햄 200그램, 스케치북, 내셔널리스트 신문 2부, 데운 와인 한 병" 을 배낭 속에 넣었다(이 정도 배낭엔 한 뼘 크기의 빵도 많다). 여기에 바늘과 실 그리고 플루트를 챙겨넣었다. 하지만 벨록의 여로에는 사람이 붐볐고, 바깥에서 잔 적도 없고 여름철이었고 요리하기 위해 불 피운 적도 없는 듯 보인다. 싸간 음식이 무용지물이 된 그는 틀림없이 로마에 도착할 무렵 후회가 밀물처럼 밀려왔을 것이다.

걷기 여행자의
끼니는 소중하다

이제 더 길고 험한 도보 여행의 실전에 대비해 유용한 정보를 제공할까 한다.

짐은 감당할 만큼만 싸서 배낭의 무게를 적당하게 만든다. 배낭이 가벼울수록 여행의 즐거움은 커진다. 날씨가 험악한 오지로 떠날 때는 밤에 쉰다. 그리고 무엇보다 잘 곳이 중요하다. 따라서 얇은 담요 한 장 쯤은 필수다. 머리와 얼굴을 따뜻하게 해줘야 숙면이 가능하다. 마찬가지 이유로 잠자리에 들기 전에는 젖은 내의를 갈아입어야 한다. 장거리를 하루 내내 걷는 고된 여정일 때는 그날그날 기진맥진한 근육 조직을 회복시켜줘야 한다.

그리고 밀가루 250그램, 베이컨 250그램, 콩 150그램, 여기에 말린 과일과 쌀 정도가 필요하다. 말린 자두와 살구를 준비하면 매우 좋다. 차만 한 것이 없으니 차는 충분히 챙기고, 후추, 소금, 설탕, 양초, 비누도 잊으면 안 된다. 요리 도구는 부피가 작은 것으로 준비한다. 작은 손도끼(야간 피신처에 쓸 나무기둥을 자르거나 모닥불 피울 나무를 자를 때 필요)와 손도끼 날을 가는 줄 및 튼튼한 철사 갈고리도 중요하다. 철사 갈고리는 요리나 물을 끓일 때 냄비를 불 위에 걸어두는 용도로 가져가야 한다. 됐다. 이 정도면 필요한 것은 어느 정도 갖춘 셈이다.

• • •

똑똑할지라도 일만 아는 사람은 야외 활동에서 음식이 차지하는 비중이 얼마나 큰지 좀처럼 알지 못한다. 제때에 식탁으로 가기만 하면 되는 실내 생활자에게 끼니란 일상적으로 마주치는 별 의미 없는 사건일 뿐이다. 일로부터의 벗어난 막간의 휴식, 가족과 잡담하는 기회 정도가 아닐까.

두 발로 여행하다보면 끼니가 생명 유지에 얼마간 중요한지 곧바로 깨닫는다. 손에 땀 쥐는 난센(Nansen)의 저서만 읽어봐도 그런 사실을 단번에 납득한다. 벨록이 지은 『로마로 가는 길(Path to Rome)』에서도 끼니라는 주제가 도드라지게 묘사돼 있고, 로버트 루이스 스티븐슨의 『내륙 항해(Inland Voyage)』는 문학적인 작품임에도 끼니를 심도 있게 다룬다. 앞에서 언급한 『오버란트 샬레』는 읽을수록 기쁨을 주는데, 이 책에선 먹을거리와 마실 거리가 수시로 등장한다. 치즈, 케익, 작은 빵 그리고 우유, 카페오레뿐이지만 말이다.

나는 식량이 모자라면 큰일 난다는 사실을 여러 차례 겪어봤기 때문에 정치적 공동체의 존망은 식품 저장고에 달려있다고 믿는다. 동물의 경우만 봐도 같은 먹거리를 비축하는 동물만이 동일한 군집을 형성한다. 개미와 벌이 대표적인 예이다.

걷는 사람은 흔히 실제로 겪어보고서야 식량 비축이 걷기에 광범위한 영향을 준다는 점을 피부로 느낀다. 식량 부족의 뼈저린 고통을 통해 식량 비축의 중요성을 체감한다손 치더라도 그로부터 네댓 시간쯤 지나면 보행자는 생존을 걱정해야 할 순간이 온다. 따라서 일만 아는 똑똑한 당신이 긴 도보 여행에서 예비 식량을 챙기지 않는다면 틀림없이 비탄의 순간을 맞을 것이다. 내가 식량이라는 주제에 적잖은 지적을 한 것은 이런 이유 때문이다.

• • •

잘 아는 어떤 사람은 미국 서부지역 금광 채굴자의 빵을 배녹(오트밀이나 보리를 으깨넣어 만든 빵. 옮긴이)이라고 했다. 혹 배녹 만드는 법을 아는가? 배녹을 만들기 위해 반드시 필요한 것은 밀가루(굳은밀을 갈은 밀가루), 베이킹파우더, 소금, 이 세 가지이다. 미리 이것들을 모두 섞어 포대에 넣는다. 이때 베이킹파우더의 양은 용기에 적힌 용법으로 제안하는 양보다 두 배가량 많이 사용하도록 한다. 소금 반 컵당 밀가루는 4.5킬로그램이 적당하다.

자, 이제 가죽 포대를 열고 손을 넣어 반죽을 휘저어준다. 그다음에 가죽 포대 안으로 물 한 컵을 넣는다. 반죽이 차질 때까지 물을 넣어가며 휘젓고 주무른다. 기름을 살짝 두른 프라이팬에 반죽을 넣고 넓게 펴준다. 불 위 팬을 올린 후 반죽이 갈색으로 변할 때까지 구워준다. 여기까지 되면 팬을 돌려가며 반죽 가장자리를 노릇노릇하게 익힌다. 그러면 배녹이 완성된다. 배고플 때 먹으면 기가 막힐 정도로 맛있다.

콩은 다루기 꽤 성가신 재료다. 왜냐하면 끓여서 익

히는 데 4시간가량 소모되기 때문이다. 하지만 콩은 여행 중에 빼놓을 수 없는 주연급 식량이다. 콩은 작고 하얀 콩이나 큰 갈색 콩, 두 가지 모두 안성맞춤이다. 두 종류의 콩을 깨끗이 씻은 후 가루로 빻아서 휴대한다. 최대한 잘게 빻는다.

불이 준비되면 찬물에 콩을 넣고 끓인다. 이때 소금은 넣지 않는다. 콩이 익으면 베이컨이나 햄 조각을 추가하고 소금과 후추를 뿌린다. 이제 요리는 끝났다. 맛있게 먹으면 된다.

배불리 먹고도 콩이 남아 있을 수 있다. 그럴 땐 콩 냄비에 다시 물을 충분히 부은 후 화톳불 위에 냄비를 밤새도록 올려놓는다. 다음날 아침 그대로 먹든가, 튀겨서 먹을 수 있다. 아침 식사로 손색이 없다. 푹 삶은 콩에서 물기를 쫙 빼고 잘 건조하면 점심으로 활용할 수도 있다. 하지만 뭐니 뭐니 해도 최고의 맛을 내는 것은 배녹이다.

또 다른 요리법이 있다. 프라이팬에 살점 많은 베이컨을 넉넉히 넣은 후 푹 삶은 콩을 올린다. 콩을 포크로 으깬 다음 열을 가해 부침개를 부치듯 굽는다. 이 음식은 며칠을 두고두고 먹을 수 있다. 이것은 갑작스럽게 떠난 여행길에 알맞은 간편식으로는 최고다.

자연은 역사를 품는다

오솔길이 이끄는 대로 걷는 것만큼 즐거운 것도 드물다. 걷기가 주는 첫 번째 즐거움은 스쳐가는 풍경으로부터 나온다. 아름다운 경치, 아니 거의 모든 경치는 쾌감을 불러일으킨다. 사실 엄밀히 말하면 경치가 아름답다고 해서 쾌감을 느끼는 건 아니다.

"10만 킬로미터에 걸쳐 있는 그림 같은 보(Vaud, 스위스 서쪽에 위치한 주. 옮긴이)의 오래된 산맥은 그 거칠고 황량함이 이루 말할 수 없어 1킬로미터도 걷기 힘들었다." 브렛 하트(Bret Harte, 미국 캘리포니아 태생 작가. 옮긴이)의 말이다. 메리 매클레인(Mary MacLane, 캐나다 태생으로 미국에서 활동한 유명 여류 작가. 옮긴이)은 뷰트(Butte, 미국 애리조나에 있는 사막 지역. 옮긴이)의 사막에 대해 욕설을 퍼부은 바 있다. 그녀는 자서전 『메리 매클레인 이야기』에서도 몬타나에 대해 험담을 내뱉었다. 그녀는 몬타나를 떠날 때 "이렇게 좋을 수가 있을까?"라고 말했다.

하트와 매클레인의 말에 비밀의 단서가 숨어있는지 모른다. 풍경이 주는 희열은 그 형태나 색깔에 기인하는 것이 아니다. 이 둘을 포함한 여러 풍경 요소의 조합에 희열 혹은 쾌감의 비밀이 담겨있다.

우리 눈에 완전히 새로운 풍경이란 과연 존재할까? 결국은 조합의 문제이다.

조지 보로(George Henry Borrow, 영국 작가로 유럽 전역을 여행한 경험을 담은 작품들로 유명하다. 여행 문학 개척자로 손꼽힌다. 옮긴이)는 "풍경은 범상치 않은 사건이나 예사롭지 않은 인물과 얽혀있지 않으면 쉬이 물려버린다."라고 말했다. 그리고 러스킨은 쥐라에서 샹피뇰(Champignole) 마을 위쪽 엥(Ain) 지역을 에워싸고 있는 무수하게 꺾여 있는 소나무 숲을 쳐다보는 순간 깨달았다. 풍경이 인상적인 까닭은 '저기 늘 피고 지는 꽃과 멈추지 않는 물결은 인간의 인내, 용기, 도덕의 짙은 색깔에 물들어 있기' 때문이었다.

가늠할 수 없이 아득한 옛날부터 샘솟기 시작한 이 미묘하고 비밀스런 기억은 인간의 뇌와 마음 한편에 고이 보관되고 있다. 무슨 뜻인지 손에 잡히지 않을 것이다. 하지만 세낭쿠르(Étienne Senancour)는 다음과 같이 명료한 문장으로 우리의 무릎을 탁 치게 만든다.

"감각되는 자연은 인간관계 속에서만 존재하고, 사

물의 자명함은 인간의 자명함 외에 아무것도 아니다(La nature sentie n'est que dans les rapports humains, et l'éloquence des choses n'est rien que et l'éloquence de l'homme)."

삶을 위한 쟁투, 삶의 환희(처절한 전투, 스릴 넘치는 사랑싸움, 인간의 물리적 환경이 촉발하는 무수한 감정과 감각, 그리고 그 가운데 생존을 향한 분투) 이 모두는 오늘날 우리 뇌 속 어딘가에 어떤 식으로든 살아있다. 이것은 마치 철새가 때가 되면 이주하고 집으로 되돌아오는 이동 비행 기억이 철새의 뇌 어딘가에 저장돼 있는 것과 같은 이치다.

경치는 이와 유사한 방식으로 휴면 상태의 범우주적 기억을 재생한다. 지상의 대자연은 인류 누대에 걸쳐 전해 내려온 고향이다. 자연을 마주하고 아무런 감흥을 못 느낀다면 그것은 인간이 아닐 것이다.

• • •

일망무제는 원시적 본능을 자극한다. 전원시는 응접실에서 탄생하지 않는다. 히멘(그리스 신화에서 결혼의 신. 옮긴이)이 무시로 출현하는 곳은 향기로운 숲 속 공터다. 페르세포네(고대 로마 신화 속 봄의 여신. 옮긴이)가 구애를 받은 곳도 초원이다. 제피로스(서풍의 신. 서풍이라는 의미로도 쓰인다. 옮긴이)는 5월의 꽃따기 대회에서 아우로라(여명의 신. 옮긴이)를 이겼다. 라트머스 산 정상에 살았던 엔디미온(그리스 신화 속 양치기로 미남의 대명사이다. 옮긴이)은 밤마다 키스 세례를 받았다. 다프니스(Daphnis. 그리스 신화 속 인물로 전원시를 창조했다는 목동. 옮긴이)는 덤불 속에서 프러포즈했고, 거기서 승낙을 얻었다. 연인들은 아마란스(영원히 시들지 않는다는 꽃. 옮긴이)가 피는 강 언덕을 알고 있고, 시인은 들판 위에 그들의 제단을 세운다. 우리가 때때로 느끼는 '유쾌한 물리적 몰입'이란 이러하다.

양털 같은 부드러운 풀들이
끝없이 깔린 평원!
침묵과 열정, 환희와 평화,
……
그토록 기나긴 시간동안, 이곳에는 생명이,
기적을 선사하고 있었네.
이렇게도 아름다운 태초의 꽃들이,
자연의 방식대로 피어났구려.

The champaign with its endless fleece
Of feathery grasses everywhere!
Silence and passion, joy and peace,
……
Such life there, through such lengths of hours,
Such miracles performed in play,
Such primal naked forms of flowers,

Such letting Nature have her way.
로버트 브라우닝의 시, 「평원의 연인(Two in the Campagna)」

사랑이라는 경주에 대한 범우주적 자각 속에는 원시적 결혼에 대한 기억이 꾸준히 잔존해 있다. 깊이 뿌리내린 그 기억은 없애려야 없앨 수 없다. '사랑'이라 불리는 선남선녀의 성스럽고 숭고한 드라마가 은은한 꽃향기가 풍기는 한적한 숲 속이 아니라 여자의 방이나 무도회장에서 펼쳐지니 이 얼마나 애석한 일인가!

• • •

자연의 아름다움이 인간의 감정과 감각에 이토록 깊이 호소하는 것은 복잡하고 심오한 수수께끼다. 자연미는 외형적 속성이 아니라는 것을 기억해야 한다. 느끼는 영혼 안에, 생각하는 정신 안에, 회상하는 기억 안에 자연의 아름다움은 존재한다. 영혼, 정신, 기억에 황홀경과 들뜬 느낌이 떠오르도록 하는 것은 아름다움이다. 사랑의 경주를 유지, 전파, 고양하는 것도 아름다움이다. 아름다움이 다양한 까닭은 거기에 있다.

감각으로 경험하는 아름다움도 있지만 영혼으로 접하는 아름다움도 있기 때문이다. 지상의 아프로디테도 있고, 천상의 아프로디테도 있다. 그런데 지상과 천상의 두 아프로디테가 왜 손을 잡지 않는지는 알 수 없는 일이다. 아마 둘이 손을 잡을 때는 정신적인 강박과 육체적 봉헌이 동시에 작동할 때뿐일 것이다. 그때 아름다움은 우리 눈앞에서 변신하는데, 육화된 옷을 걸치고 신성한 자연의 빛을 발한다. 바로 우리가 산 위에 오를 때 생기는 현상이다.

• • •

결국 존 러스킨은 자연이 인간 가슴에 호소하는 문제의 심층까지 이해했을까? 어떤 풍경의 아름다움이 '불변의 꽃과 강물이 인간의 인내, 용기, 도덕의 짙은 색깔에 물들여졌다'는 사실에 기인하는 것일까?

아름다움은 객관적이지 않고 주관적이라는 나의 주장이 틀리지 않다면, 쉽게 말해 자연물과 자연물이 불러일으키는 감정 사이의 연결 고리가 기억 또는 조합이라고 한다면 러스킨의 '인간의 인내, 용기, 도덕' 주장보다 더 구체적이고 개인적인 설명이 필요하다.

나 역시 러스킨이 언급한 바 있는 곳으로부터 멀지 않은 어느 산 정상에서 아침나절 동안 한가로이 시간을 보낸 적 있다. 내 앞으로는 아르브(Arve)의 계곡, 등 뒤로는 론(Rhone)의 계곡이 놓여 있었다. 완벽한 날씨 속에 그것도 산 정상에서 바라 본 두 계곡은 번영과 평화를 호흡하고 있었다.

내 눈 아래 펼쳐진 것은 수십 킬로미터 뻗친 비옥한

땅이었다. 농장과 포도밭, 들판과 목초지는 굽이져 흐르는 강물로 목을 축이고 있었다. 무리 짓거나 외따로이 떨어진 시골집의 기와지붕들은 점점이 박혀 있었다. 프랑스 특유의 단정하고 하얀 길이 푸른 초목 위를 내달리고, 수시로 숲과 햇빛이 교차하며 여기저기에서 곡선미를 뽐내고 있었다.

나는 풀밭에 드러누웠는데 천지 사방이 꽃이었다. 음악소리가 아련히 들려오는 듯 감미로운 꽃향기가 공기를 가득 채웠다.

좌우를 살펴보니 알프스 산봉우리들이 솟아있었다. 산마루는 옅은 초록, 소나무 우거진 곳은 짙은 초록이었다. 회색빛, 초록빛, 보랏빛 온갖 초목이 구름을 향해 솟구쳐 올랐다. 바로 정면에는 백설을 머리에 뒤집어 쓴 몽블랑(Mont Blanc, 스위스 알프스에서 가장 높은 산. 옮긴이) 봉우리들이 우람한 자태로 올망졸망 도열해 있었다.

이른 아침이었다. 필름처럼 얇은 구름이 보이지 않는 세계로 사라지는 것을 똑똑히 보일 정도로 화창한 전형적인 여름 아침이었다. 경이로운 경치에 더해 소워낭 소리가 귓전에서 딸랑거렸다.

그 지방은 인간의 인내, 용기, 도덕에 관한 기억들로 충만했다. 시저(Caesar, 고대 로마의 명장이자 정치가. 옮긴이)의 군대가 그 땅을 밟고 진군했다. 시저가 도착하기 오래전 그곳에서 마주친 약탈의 무리들은 격렬하게 싸

웠다. 시저의 시대 이후, 맨손으로 싸우던 전쟁터는 창과 방패, 화살, 화승총, 그리고 대포 소리가 울렸다. 그 땅의 주인은 헤아릴 수 없이 여러 번 뒤바뀌었다. 난 그 곳을 걸어갔다.

내 마음을 그곳만큼 강렬하게 사로잡았던 경치를 콕 집어내기란 쉽지 않다. 그럼에도 내 마음 깊숙한 곳에 자리 잡은 생각을 끄집어내 말한다면 영국 농촌마을로는 서리(Surrey), 벅스(Bucks), 버크스(Berks) 혹은 켄트(Kent)와 데번(Devon), 서식스와 허츠(Herts) 등을 꼽겠다. 이들은 햇볕 쨍쨍한 날이든 흐린 날이든 감동적인 풍경을 선사한다. 몽블랑을 등지고 있는 오트사부아(Haute Savoie, 프랑스 동부 지역. 옮긴이)의 평야보다 더 강렬한 감정을 불러일으킨다.

영국 작가 키플링은 간명한 문장으로 러스킨보다 더 진실에 다가갔다. 키플링에 따르면 우리가 어떤 경치에 감동하는 까닭은 인간의 총체적 노력과 연관된 조합 때문이 아니라 개개인과 연관된 조합 때문이다. 즉 '우리의 마음은 작고' 신은 '각 장소마다 고유한 운명을 부여하고, 그 모두를 사랑'하기 때문이라는 것이다.

하지만 나는 아주 오래전 위대한 다윈이 아주 우연히 의도하지 않게 이 문제의 요점을 파악했다고 생각한다. 다윈은 동인도 군도의 아름다운 경관에 대해 이렇게 말했다.

"이 열대 경치는 그 자체로 상쾌한데, 고향의 낯익은 경치와 흡사하다. 우리 각자의 마음에서 표출되는 깊은 감정은 고향과 끈끈하게 이어져 있다." 자연의 아름다움과 숭고함은 감탄, 존경, 두려움을 불러일으킨다. 사랑을 불러일으키는 것은 유대감이 묻어있는 단순한 풍경이다.

자연은-태양, 하늘, 육지, 바다-언제나 아름답다. 왜냐하면 자연은 인류의 원시적 거주지로써 원시적 유대의 기억을 품어 왔기 때문이다. 특정한 사물이나 색깔을 볼 때보다 특정한 풍경을 볼 때 감정이 더 동하는 까닭은 그 풍경이 조상이나 개인의 기억 속에 똬리를 틀고 있는 유대감을 자극하기 때문이다. 빈약한 일반화인지 모르겠다. 그렇지만 뜨거운 인도, 드넓은 캐다나 설원, 쥐라와 알프스 산, 론, 라인 강, 이라와디, 사랑스러운 잉글랜드, 나 홀로 맞이한 이른 아침, 물끄러미 나를 바라보던 젖소가 인상적이었던 그랑 살레브(Grand Salève, 프랑스 오트 사부아 지역에 있는 산악지대. 옮긴이)의 향기 나는 비탈길 등을 떠올려볼 때 나는 주저 없이 그렇다고 말할 수 있다.

• • •

유순한 눈매의 소들 또한 인상 깊었다. 맵시 있게 생

긴 그 녀석들은 소리 없이 고분고분했다. 거대한 골격과 젖. 그 속에 내재된 한없는 복종성. 그 녀석들은 다른 소들과 동물은 모르는 인내와 잠재적 영웅성을 소유하고 있는 게 틀림없다. 또한 그 지방 여성의 생김새, 체격, 표정을 보건대 여자들의 성향은 그들이 키우는 암소와 별반 다르지 않을 것이다. 여성들 역시 조용한 눈매에 풍만한 가슴, 큰 엉덩이, 듬직한 몸매를 지니고 있었다. 또한 그녀들의 얼굴 표정에는 강한 인내심과 영웅적 자질 같은 면이 엿보였다.

그리고 소를 돌보는 청년도 흥미로웠다. 그는 몽블랑을 병풍 삼아 풀숲에 대자로 누워있었다. 그는 느리고 게을렀다. 하지만 20분마다 한 번씩 일어나 목동의 충실한 대리인인 개에게 소리치며 명령을 내렸다. 개는 소들이 멀리 못 가게 지키는 임무를 잘 수행했다. 신의 은총을 받았는지 그 목동은 자신의 직업에 할당된 의무를 성실히 수행했다. 나는 그 젊은 목동과 그의 여유 만만한 직업이 은근히 부러웠다. 그 산을 둘러싼 모든 삶은 좋은 느낌으로 남아 있다. 순한 암소와 주고받은 교감은 내 마음을 고요하게 만들었다.

• • •

멋진 아침이었다. 얼마나 고요하고 평화로웠는지 모른다. 웅장한 산들은 꿈쩍도 않았고, 소리조차 내지 않았다. 소들이 내 시야에서 사라지자 내 귀에 닿은 소리라곤 팔꿈치에 앉은 벌의 앵앵거림뿐이었다. 아, 머리 위에서 종달새가 부르는 노래도 들렸다. 자연은 평온해 보였다. 자연은 또한 인간에게 친하게 지내자고 손짓했다. 바야흐로 숭엄한 동료애가 싹텄다.

젖소 세 마리가 주인과 함께 걸어오는 모습을 보았다. 젖소는 주인 곁에 바짝 붙어 있었다. 마음씨 좋은 주인은 젖소의 주름진 볼을 톡톡 가볍게 어루만졌다. 어리고 호기심 많은 송아지가 모로 누워있는 개에게 다가가 코를 킁킁거렸다. 송아지는 눈 하나 까딱하지 않았다. 비록 그의 위신이 구겨진 듯 다소 경직되더니 이내 도망가버렸지만 말이다.

발밑은 꽃 천지였다. 나는 풀이 아니라 꽃 위에 누웠다. 매혹적인 향기가 진동했다. 산비탈을 올려다보니 거기도 꽃이 무궁무진 피어있었다. 풀이라곤 찾아볼 수 없었다. 내가 누운 자리는 빨주노초파남보의 대지였다.

처음엔 차마 꽃봉오리 한 개라도 부러뜨릴 마음이 없었다. 그래서 달구지가 지나간 바퀴자국을 따라 걸었다. 하지만 어느 정도 지나자 바퀴자국은 사라져버렸다. 어쩔 수 없이 꽃봉오리를 밟아야만 했다. 그러자 문득 호기심이 발동했다. 하지만 종이 위에 옮겨 적는다는 건 마뜩잖다.

자연은 마리아 막달레나처럼 회개 중이었다. 이번에도 인간의 두 발을 그녀의 눈물로 촉촉하게 적시고, 감송유(甘松油)를 묻혀 두 발에 향기가 배도록 하고 있었다. 말하자면 자연은 인간에 가한 혹독한 일들에 대해 보상을 해주고 있었던 것이다. 우리는 이 변덕스러운 여인, 즉 자연의 허리춤에서 태어났고, 자연의 젖가슴으로부터 생명력을 흡입했으며, 자연으로부터 즐거움을 얻어 왔다. 많은 희생과 투쟁을 치르면서……

• • •

투쟁. 불현듯 깨우침을 준 단어이다. 생명을 지키기 위해 부단히 싸웠던 그 꽃들하며. 꽃들이 내뱉는 향기와 색깔은 벌을 꾀는 미끼였다. 벌의 입장에서는 굶주림을 벗어나려 혼신의 노력으로 꿀을 저장해왔다. 또한 말없이 우뚝 솟은 허다한 산들을 보라. 거대한 몸집으로 미동조차 없지만 울퉁불퉁 서있는 바위들은 거대한 투쟁의 증거다. 산과 바위들은 얼음과 눈에 제 살을 깎이며 이루 표현하기 어려운 격변을 견뎌냈다. 진실로 나를 둘러싼 이 세상 만물은 한시도 잠잠할 겨를 없이 돌고 또 돈다.

나는 풀 위에 털썩 드러누워 하늘을 향해 손가락을 찔러보았다. 하늘은 태연자약 꿈쩍도 않는다. 하지만 나는 알고 있었다. 내 손가락 끝이 너무도 놀라운 재주를 부리고 있다는 사실을. 손가락은 우주를 가로질러 돌고 돌았다. 그것은 하늘로 난 길을 더듬는 행위로써 베테랑 천문학자라면 이해할 터이다.

지구의 자전을 따라 손가락 끝은 1분당 20킬로미터 초과하는 속력으로 동쪽을 향해 날아가는 셈이다. 지구의 공전에 따라 손가락 끝은 1분당 3~5킬로미터로 태양 주위를 회전하는 셈이다. 태양계 차원에서 보면 헤라클레스 성좌를 향해 도약하고 있는 셈인데, 1분에 1,120킬로미터 이상의 빠르기로 도약하고 있다.

1분당 1,120킬로미터이라니! 상상이 안 되는 속도다. 거대한 이 물질 덩어리는 얼마나 큰가 하면, 태양과 우리 지구 별 같은 크기의 행성 수백 개를 모아 놓더라도 그 물질 덩어리에 비하면 호수에 던진 돌멩이 하나에 지나지 않는다. 이 별들은 48억 킬로미터 떨어진 머나먼 우주에서 돌고 또 돈다. 내가 재채기 한 번 하면 30킬로미터, 내가 저녁 식사를 하는 동안 5만 킬로미터, 내가 잠자리에 들고 눈을 뜨기까지 걸리는 시간 동안 80만 킬로미터를 움직인다. 이 얼마나 놀라운 여행인가.

그럼 도대체 어디로, 무엇을 위하여, 왜 이처럼 어마어마한 에너지를 소모하는 것일까?

저 거대한 물질 덩어리를 나아가게 하려면 어느 정도의 에르그(erg, 에너지의 단위. 1에르그는 1다인의 힘이 물체 1센티를 이동시키는 일의 양. 옮긴이)가 필요할지 한번 가늠해보라. 어떤 일이 벌어지고 있는 걸까? 누구의 손에 의해 그 일이 벌어지는 걸까? 그리고 누구를 위해서?

자연에서 움직이지 않는 것은 하나도 없다. 삶에서 고정된 것은 하나도 없다. 존재하고 살아있는 것은 변화하고, 노력하고, 또 성취한다. 내게 속한 외관상의 평화는 부단한 분투의 결과물이다. 분투 혹은 투쟁 과정을 통하지 않고선 삶이 발전하지 않는다. 사람도 투쟁을 통해서 큰 뜻을 이루지 않는가.

'질투심 강한 여자'
자연의 사랑을 쟁취하려면...

나는 이제 다음과 같은 일들이 일어날 거라 믿어 의심치 않는다.

지레 걷기에 대한 환희에 젖어드는 에피메테우스주의자들은(에피메테우스는 인간에게 불을 가져다준 프로메테우스의 동생이다. 프로메테우스가 진보적인 기질을 대변한다면 에피메테우스는 보수적이고 순응적인 기질을 대변한다. 옮긴이) 느닷없이 산책을 결심하는 경향이 있다. 부랴부랴 배낭을 꾸리고 다소 막연하고 모호한 목표를 머릿속에 그리며 이른 새벽에 길을 나선다. 그는 자연을 잠시 주목하며 존 버로스와 리처드 제프리스의 견해를 뒤섞으려 든다. 또 자연이라는 주제에 대한 그의 철학적이고 시적인 연구에 끌어다 쓴 워즈워스와 아미엘을 뛰어넘을 생각을 한다. 그리하여 그의 마음은 세상과 세속으로부터 분리되어 심오하고 난해한 주제들 사이를 둥둥 떠다닐 것이다.

하지만 나는 무슨 일이 벌어질지 안다. 여행 첫날, 바로 그날 오후 배는 고파오고 목은 마르고 발은 뻐근하고 피곤이 몰려올 것이다. 부츠는 꽉 조여올 것이다. 배낭은 그의 영혼만큼이나 무거워질 것이고, 머릿속은 그의 위장처럼 텅텅 빌 것이다.

그가 자연을 관찰하는 것이 아니라 자연이 그를 아주 면밀히, 동정적이고 자애로운 눈매로 관찰하고 있음을 알아차리게 될 것이다. 그의 마음속에서 저절로 심오하고 초월적인 명상이 샘솟기는커녕 "난 누구인가.", "여기서 무엇을 하고 있는가." 따위의 단발적이고 구체적인 물음들이 귓전을 맴돈다는 것을 알아차릴 것이다.

에피메테우스주의자여, 자연은 질투심 강한 정부(貞婦)란 사실을 명심하라. 만약 그대가 1년에 50주일 동안 부(富)를 좇아 근면하게 일해왔다면, 단 반나절 동안의 숭배만으로 그녀의 사랑을 쟁취할 수 없음을 깨달아라. 그녀의 성지 안에서라면 더더구나 그렇다. 비록 그대의 구애가 아무리 진솔할지라도 서두르면 안 된다. 일하고 먹고 자는 일상 세계의 번잡함을 말끔히 씻어 기분을 전환한 후 달콤한 자연의 혜택을 끌어안기 위한, 모든 무정함을 털어낸 그 마음의 준비를 갖추기란 48시간만으로는 턱없이 모자라기 때문이다.

그대는 자만심, 허식, 위선 및 일체의 맹목에 얽매이

지 않도록 신경 써야 한다. 그렇지 않으면 그대의 걷기는 헛된 것이 된다. 왜 그런가 하면 허영으로 가득 찬 세계의 거리를 끊임없이 맨발로 순회하는 것은 '즐거운 산악지대'(17세기 유명한 작품, 『천로역정』에 나오는 지명으로 그 땅 높은 곳에 서면 수많은 환희와 호기심을 맛볼 수 있다고 한다. 옮긴이)를 걷기 위한 준비로는 빈약하기 때문이다.

하지만 용기를 내라. 물건을 교환하고 상거래하는 일에 대한 조바심으로부터 벗어나 마음 한 귀퉁이에 평상심을 마련해둔다면 그대에게 넉넉한 보상이 뒤따를 것이다.

사나흘이 지나 도보 여행 막바지에 이르렀을 때, 그리고 육체적으로 들떠있고 신선한 공기와 고독과 평화, 긴 시간의 정신적 평정, 직장 및 사회생활에서 오는 잡다한 산만함으로부터 벗어난 자유에 젖어 들 때, 그대가 겸손하고 어린애 같다면 '세상을 잊고 세상에 의해 잊혀진데도' 그대를 둘러싼 현실에 눈을 뜨게 될 것이다. 그리고 비로소 그대는 발아래 뒹구는 하찮은 것도 하늘과 땅만큼 광활하게 뻗어나가 그대를 하늘과 땅을 초월한 곳으로 끌어올려 준다는 것을 보고 느끼고 생각할 것이다.

대로변 이슬에 젖어 고개 숙인 잡초, 곱슬머리 양치식물의 보드라운 초록, 여름 습지 개흙의 부드러운 촉감, 즉 미적 감수성 혹은 만물의 조화에 대한 감수성의 세계로 인도된다. 이 세계는 우리의 이성을 뛰어넘는다. 경이로움의 총체이다. 영혼에 내려앉아 땅을 갈고 씨를 뿌리고 인도 마술사의 식물(옛 인도 마술사는 나무 바구니를 덮어 놓고 피리를 분 후 바구니를 치워, 맨땅에서 식물이 솟아나는 마술을 보여주곤 했다. 옮긴이)처럼 불쑥 싹을 틔우고 꽃을 맺어 숭배와 경탄을 자아내게 하는 그러한 것이다. 이를 말로 표현하기란 소용없는 일이다.

과장이 섞이거나 터무니없는 말이 아니니 믿어주기 바란다. 그리고 공허한 말로 속일 심산도 결코 없다. 그대가 내 말을 듣지 않겠다면 세속에 때 묻지 않은 리처드 제프리스의 말에 귀 기울여 보라.

"나는 풀이 기다랗게 자란 풀밭 한복판을 거닌다. 나뭇잎은 한껏 자라 절정인데 마치 노래하는 듯하다. 나는 햇살이 불어넣는, 그리고 남쪽에서 불어온 바람이 불러들이는 열렬한 생명이 샘솟는 것을 느낄 수 있다.

한없는 풀과 한없는 나뭇잎, 울울창창하게 뻗은 참나무, 되새와 블랙버드의 꾸미지 않은 재잘거림, 이 모든 것으로부터 나는 작은 것을 얻는다…… 블랙버드의 멜로디 속 음표 한 개쯤은 내 것이다. 비록 나뭇잎의 동작 하나하나가 나무의 것이지만 나뭇잎 그림자의 춤 속에서 윤곽이 선명하게 빙글빙글 도는 춤사위는 나를 위한 것이다.

수천 가지 얼굴을 한 꽃들은 아침 문안 키스를 건넨다. 그 키스를 통해 나는 미미하나마 꽃들의 물오른 생명력을 빨아들인다. 나는 한정 없이 그곳에 머무르며 모자람 없이 얻었다…… 아름다움에 마음이 흠뻑 젖는 순간이야말로 우리가 진정 살아있는 순간이다. 따라서 우리가 이것들 틈바구니에 머무는 시간이 길면 길수록 회피할 수 없는 '시간'으로부터 낚아챌 수 있는 것들이 늘어난다…… 유일하게 낭비가 아닌 시간들, 즉 아름다움으로 채워지며 영혼을 빨아들이는 시간들이다. 그것이 바로 진정한 삶이다. 그밖에 것들은 환상이다. 아름다움과 고요함은 자연 이상이다. 내가 그것을 획득할 수 없다면 적어도 그것을 생각할 수는 있겠다."

리처드 제프리스, 『여름의 야외극(The Pageant of Summer)』

다음 구절은 에이브버리(Avebury, 잉글랜드 남서부의 한 지역. 스톤헨지로 유명하다. 옮긴이)의 영주-아마 존 러보크

경으로 더 잘 알려져있을 듯-로부터 인용해도 좋다는 허락을 받은 것이다. 그는 과학자일 뿐만 아니라 정치가이자 행정가이기도 하다. 한번 들어보라.

"시골에서 맞는 화창한 여름날이 주는 유쾌함과 군더더기 없는 아름다움에 관해 위의 문장보다 더 진실된 것은 아마 없을 것이다. 그래서 더욱 아름답다."

인용자마다 차이점이 있다는 점을 감안하더라도 리처드 제프리스에게는 무언가 더 심오한 구석이 있다. 이는 화창한 여름날에 대한 묘사라기보다 열광적인 찬가이다. 여기서 제프리스 자신도 아미엘이 언급한 '무한과의 대면'을 체험하고 있다는 사실을 안다. 그리고 가엾게도 그의 생각을 분출할 통로를 찾으려고 노력하지만 허사임을 알게 된다. 그것은 그림이 아니다. 그것은 시(詩)다. 제프리스는 7번째 감각으로 자연을 바라보고 있다. 7번째 감각이란 시력이나 청력보다 더 섬세한 감각이다. 그것은 모리스 드 게링(Maurice de Guérin, 19세기 프랑스 시인. 옮긴이)이 다음과 같이 정의한 감각이다.

"구름과 같고, 모호하며, 운동성을 잃어버린, 우리 모두가 가진 하나의 감각. 그 감각은 자연의 미를 그러모아 영혼의 저장소에 전달해주는데, 거기서 이상적인 미와 함께 결합하고 조화를 이루며 영성화된다. 그리하여 사랑과 숭배의 영역은 확장된다."

제프리스의 글에 우리가 감탄하는 것은 그가 본 사물의 목록이 아니다. 그의 숭고한 감각이 우리를 놀라게 하는 것이다. 그 감각은 보이는 것에서 보이지 않는 것으로 도약하게 만든다. 그리하여 지엽적인 것들의 '지금 여기'를 뛰어넘어 무한한 것의 '그때 거기'를 투사하도록 한다. 그는 '만물의 삶 속'을 꿰뚫어 보았다. 그리고 그 자신의 내면에서 무한성을 풍성하게 하는 유한성이 격정을 불러일으켰다.

모든 것은 무한으로 향한다

거짓말 하나 안 보태고 말한다면 우리가 인지할 수 있는 범위 내에서 만물은 무한을 지향한다. 거미집 하나, 아침 안개 한 줌, 독버섯 하나, 하루살이 한 마리. 이 모두는 시간의 자궁 아득한 곳까지 거슬러 올라가는 생명의 역사를 가지고 있다. 우주 먼지 혹은 하얗게 빛나는 성운(星雲)이 미처 탄생하지도 않은 먼 시간의 역사, 그리고 이 모두는 우리가 추적할 수 있는 한, 아득한 시간의 종말까지 이어질 터이다. 시간에 종말이란 게 있다면 말이다. 누가 이것을 이해할 수 있겠는가. 누가 이것을 설명할 것인가. 번스(Robert Burns. 18세기 스코틀랜드 시인. 옮긴이)가 지은 시에 이런 구절이 있다.

"초록이 발진 돋는다. 오!"

"Green grow the rashes, O."

'초록'에 대해 설명하자면, 그것은 실력이 출중한 안과의사와 물리학자 둘을 합쳐놓은 능력으로 설명될 수 있는 성질의 것이 아니다. 엽록소의 역할이나 식물이 초록빛을 띠는 메커니즘에 관한 문제가 아니다. 사실 사람들은 이 두 주제에 대해 거의 무지하다. 하나의 잎사귀 안에서 진행되는 화학적 반응부터 망막에 닿은 자극, 시신경을 따라 이뤄지는 전송 과정, 뇌의 사구체에 맺히는 감각, 그리고 정신에 형성되는 개념에 이르기 까지 사실 우리가 알고 있는 것은 아무 것도 없다. 이 일련의 과정을 정의하고 분석하는 것, 바꿔 말해 식물 왕국에서 각자가 놓인 위치 및 그 인과관계-하위 형태로부터의 진화, 환경과 적자생존에 따라 한 구조 내에서 작동하는 변형-를 정확히 아는 것은 식물학자와 고식물학자의 지식 밖의 문제이다.

그리고 영어 동사 '자란다(grow)'는 인생에서 가장 내밀한 뜰과 관련돼 있는데, 그런 측면에서 '자란다'의 개념은 물질을 다루는 과학자와 형이상학적 사색가들을 부단히 당혹스럽게 만들었다. 그리고 앞으로도 계속 당혹스럽게 만들 것이다.

삶을 설명할 수 있을 때, 우리는 누가 삶을 주었는지에 대한 문제도 서서히 풀 수 있을 것이다. 테니슨은 그것을 이렇게 읊었다.

"갈라진 담장 틈에 핀 꽃,

나는 너를 그 틈으로부터 뽑아

여기 내 손 안, 뿌리에서 머리끝까지, 움켜쥔다.

자그마한 꽃이여-하지만 난 안다네.

네가 누구인지, 뿌리에서 머리끝까지, 그리고 그 속의 모든 것을

신과 인간이 무엇인지도 알 수 있으려나."

"Flower in the crannied wall,
I pluck you out of your crannies,
I hold you here, root and all, in my hand,
Little flower, but if I could understand
What you are, root and all, and all in all,
I should know what God and man is."

알프레드 테니슨의 시,「갈라진 담장 틈에 핀 꽃(Flower in the crannied wall)」

• • •

자연에 대한 나의 노래도 너무 자란 나머지 모험심만 심해졌다. 이제 아오니아 산(Aonian mount, 음악의 신 뮤즈가 산다는 그리스의 신화 속 산. 옮긴이)을 내려갈 때가 된 것 같다. 하지만 이쯤에서 나는 말해둘 게 있다. 만약 당신이 이제껏 언급한 것처럼 다소 난해한 존재론적 사색에다 산책 지역에 관한 과학적인 지식을 보태고 싶다면 지리학, 화석학, 광물학, 동물학, 식물학, 고

고학, 역사 등을 섭렵하는 게 도움 된다. 이런 지식들은 교조주의에 빠지지 않게 해준다.

걷기에 대한 관심과 즐거움을 강화하는 요소는 무엇일까. 바로 잠깐 걷는 것만으로도 눈에 마주치는 수천 가지 자연 현상을 기술할 수 있는 자질이다. 그밖엔 없다. 마음속에서 자질구레한 근심거리를 재빨리 내쫓을 수 있는 것으로 몰입 같은 자질만한 것은 없다. 몰입을 실천할 수 있는 사람이 행복한 법이다.

그런데 애석하게도 내가 아는 건 이 정도다. 내가 과학에 대해 아는 바는 겨우 인사 한 번 나눈 수준이다. 하지만 나는 과학 앞에선 깊은 존경심을 품고 머리를 숙인다. 그럼에도 불구하고 다음과 같은 사실을 위안으로 삼는다. 만약 실제로 자연을 보았다면, 자연을 본 눈이 어떤 종류인지는 별로 중요하지 않다는 사실을 안다는 것 말이다.

자연에게 '보는 눈'과 '이해하는 마음'만 선사하라. 그러면 자연은 자연이 보유한 선물을 아낌없이 베풀 것이다. 그리고 자연은 여성처럼 '보는 눈'보다 '이해하는 마음'을 선호하는 듯 보인다. 하지만 마찬가지로 여성처럼 자연은 이해되는 것만큼이나 존중받기를 원하고, 또 거의 모든 여성이 그렇듯 사람들이 호기심 어린 관심을 보이는 것을 썩 못마땅하게 여기는 것도 사실이다.

고백하건대, 나는 때때로 천부적으로 과학적인 눈을 가진 사람을 부러워했다. 풀이 무성한 벌판에 놓인 화강암 바위 덩어리을 보고 지질학적인 사고를 줄기차게 펼칠 사람, 호숫가에서 말꼬리를 보곤 쇠뜨기풀이 무성한 숲 그림을 그리는 사람(쇠뜨기풀은 영어로 horse-tail이라고도 불린다. 옮긴이), 삼엽충 화석을 통해 실루리아기 바다를 떠올리는 그런 사람이 해당된다.

또한 발밑 흔하디흔한 돌멩이 하나의 이름을 알고 평범한 식물들을 분류할 수 있는 사람을 부러워하기도 했다. 낮은 곳에서 자라 미천한 대접을 받는 데이지 꽃이 왜 귀족 풍모의 오크나무보다 우월한지 가르쳐줄 수 있는 사람, 다양한 각도에서 사물을 볼 줄 아는 사람, 각섬석과 휘석에 대한 차이를 설명해줄 수 있는 그런 사람을 부러워했다.

나는 자연의 메커니즘에 문외한이다. 단 한 번도 자연이 어떻게 작동하는지 알아보려 하지 않았다. 그저 자연의 미소를 보고 싶을 뿐이지 웃을 때 구강 근육이 어떻게 되고, 입 모양이 어떤 식으로 변하는지 알고 싶지 않다. 내 생각에 자연은 해부학의 대상이 아니다.

그러나 나 자신은 악타이온(Actaeon)의 운명을 타고 난 게 아닐까 싶다. 너무나 가까이에서 아르테미스(Artemis)의 알몸이 사랑스럽다는 사실을 보게 된 악티온. 그러니 그대여, 그대의 눈이 많은 것을 담지 않도록 조심하라. 그래야만 그대의 마음이 더 많은 것을 이해할 수 있다. 그대의 정신이 '사랑의 평형 상태'를 벗어나지 않도록 하라. 일단 실행하라. 그대에게 필요한 건 지식이 아니다.

• • •

이쯤에서 알려줄 게 있다. 누구나 자연과 고차원적인 대화를 나눌 수는 없다는 점이다. 자연은 비밀스럽다. 자연은 암호로 된 언어를 사용한다. 자연의 언어에 주의를 기울이지 않는다면 자연이 내뱉는 발음은 귓가에 맴돌다 사라질 뿐이다. 또한 자연의 언어에 익숙하지 않다면 어느 누구도 자연의 언어를 다른 언어로 번역할 수 없다.

만약 당신이 직장과 저잣거리의 소란스럽고 번잡함 속에서도 자연의 음성이 생생히 들린다고 생각한다면 그건 착각이다. 당신은 아무 소리도 듣지 못할 것이다. 더구나 똑같은 이유로 당신은 아무것도 보지 못한다. 나무, 초원, 구름이 보인다거나 보인다고 생각할지 모르겠지만 그것들은 당신에게 아무런 말도 건네지 않을 것이다. 결국 쳐다보아도 당신에겐 아무런 의미도 없다. 나무, 초원, 구름의 아름다움 앞에서 당신은 눈뜬장님과 다를 바 없다. 왜냐하면 아름다움은 보여지는 것이 아니라 느껴지는 것이기 때문이다.

괴테는 미(美)를 정의하기를 '한 번도 모습을 드러낸 적이 없는 근원 현상'이라고 했다. 에우리피데스(Euripides, 고대 그리스의 3대 비극 시인 가운데 한 사람. 옮긴이)는 미를 지칭하며 "나는 너의 목소리를 들어서 본다. 나는 너의 눈을 보지 않는다."라고 말했다.

그리고 셸리(Percy Bysshe Shelley, 영국의 19세기 극작가. 옮긴이)는 다음과 같이 일갈한다.

"다른 것들은 공정하다; 그대는 아무것도 보지 못하네.

……

그리고 모두 느끼는데, 오직 그대만 여전히 보지 못하네."

"Fair are others; none beholds thee,

……

And all feel, yet see thee never."

셸리의 극시, 「프로메테우스의 해방(Prometheus Unbound)」

미는 느끼는 것이다. 비밀의 문을 여는 열쇠는 바로 거기에 있다. 자연의 미는 마음에 호소한다. 지성이 아니라 감성에 호소한다. 현명한 대학자일지라도 갓난아기 눈에 띈 자연을 보지 못할 수 있다. 과장이 섞이긴 했지만 에드워드 카펜터(Edward Carpenter, 19세기 영국 철학자, 시인, 인류학자. 옮긴이)가 다음과 같이 말한 것도 일맥상통한다.

“오, 달이여, 너로 말하면.

천문학자들이 망원경을 통해 너를 들여다볼 때 그들은 늙고 주름진 몸 덩어리만 본다는 사실을 나는 알고 있네.

하지만 그들은 너의 주름을 결코 주의 깊게 들여다보지 않아.

그래서 너의 진면목을 이해할 수 없지.

지난 밤 굴뚝 위로 모습을 드러냈을 때 아이들은 그것을 보았을 거야.

네가 아무도 보지 못했을 거라고 생각하지만 말이야.

……

어쨌든 나는 분명히 말할 수 있어.

세상 모든 피조물처럼 너 또한 첫 일출 때나 천 번째 일출 때나 하나도 변하지 않는다는 사실을.

그리고 망원경에 의지하는 과학 신봉자들이 너에 대해 아는 지식이 다른 사람보다 많지 않다는 사실을.

아마 더 무지할 거야.

창조의 신비란 얼마나 신기한 것이냐.”

에드워드 카펜터, 『민주주의를 지향해서(Towards Democracy)』

자신의 감정을 오롯이 담아낼 단어를 잃어버린 시

인은 '창조의 신비'라는 표현에 안주해버린다. 칼라일(Thomas Carlyle)도 이와 유사하게 읊조렸다. "사물에서 얻는 신비로운 향유는 지적인 향유를 초월해 무한히 뻗어나간다."

우리가 섬세한 화관(花冠)을 볼 때 마음속에서 불꽃같은 게 타오르는 까닭은 뭘까. 화관이 지닌 놀라운 구조에 대한 우리의 지식도 아니요, 형언할 수 없는 색채만도 아니다. 그것은 다름 아닌 깊은 곳에서 우러나오는 어떤 감정이다. 우리가 지고지순함에 대해 명상에 잠기는 것은 측정할 수 없이 먼 곳에서 오는 별빛의 강렬함 때문도 아니요, 산더미만한 구름 때문만도 아니다. 만물에 깃들어 있고 만물을 하나로 이어주는 것은 내재적이고 영원한 '신비'다. 신비는 옛날부터 존재해왔고 앞으로도 계속 존재할 것이다.

걷기는 해결사다,
걷다보면 모든 게 해결된다

실용주의자들로부터 이런 질문을 받곤 한다. “도대체 걷기를 통해 얻을 수 있는 즐거움은 무엇이고, 이득은 또 무엇입니까? 물론 걷기도 스포츠 축에 낄 수 있겠지요. 그런데 왜 말 타기, 자동차 타기, 노 젓기, 자전거 타기, 오토바이 타기, 경비행기 타기에 관해서 쓰지 않는 거죠? 뚜벅뚜벅 걷기만 하는 일보다 저런 것들이 더 운동에 가깝지 않나요?”

글쎄. 약간 가볍지만 전문적인 용어로 표현하면, 그런 질문은 정말로 ‘걷다보면 해결된다’.

우선 말은 먹이를 줘야 하고, 보트는 물이 새지 않도록 관리해야 한다. 자전거는 바람을 주입해 바퀴를 빵빵하게 해둬야 하고, 자동차는 끊임없이 닦고 조이고 기름을 쳐야 한다. 그리고 경비행기는 나의 창공을 벗어나 저 멀리 날아가버린다.

그리고 다은 이유는 최소한 걷기를 통해서 전화, 편지, 전보와 떨어져 지내는 축복을 체감한다는 사실이다. 걷는 동안 공식 서한 같은 것을 받는 경우는 드물다. 체포영장과 금지명령이 떨어졌다고 해도 가볍게 웃어넘길 수 있다. 그것들은 당신의 걸음걸이를 따라잡지 못하기 때문이다.

드퀸시는 말한다. “내가 깨달은 바, 계급을 불문하고 속물들(경찰관, 땅 파는 사람 등 무엇이든 상관없이)로부터 벗어날 분명한 도피처를 찾는 중이라면 의심의 여지없는 도피처는 들판과 수풀 사이에 있다는 사실이다.”

드퀸시가 만약 20세기에 살았더라면 가는 곳마다 눈에 띄는 광고들 및 문명의 유해물로부터 몸을 피할 곳 역시 들판과 수풀 사이에 있다는 점을 틀림없이 덧붙였을 것이다. 하지만 항상 그런 것은 아니지만 가끔 들판과 수풀 사이에 경관을 해치는 광고판이 기차선로를 따라 늘어서 있는 것을 보면 짐작하겠지만 이젠 들판과 수풀 사이가 항구적 도피처가 아니다.

헨리 데이비드 소로는 말한다.

“나는 숲으로 갔다. 내 의지대로 살고 싶었기 때문이다. 삶의 정수를 정면으로 부딪치고 싶었기 때문이다…… 나는 몰입하는 삶을 원했고 삶의 골수를 빨아들이고 싶었다…… 우리네 인생은 사소한 것에 의해 헛되이 소모된다…… 문명화된 삶이라는 변덕스런 바다 한가운데에서는 구름, 폭풍, 각종 난관 등 온갖 것을 염두에 둬야 한다. 그래야 인간은 살아나갈 수 있으니까. 우리가 침몰해 바다 밑바닥에 가라앉지 않고, 추측항법만으로 무사히 항구에 닿으려면 위대한 계산가가 되지 않으면 안 된다. 그렇지 않으면 성공하지 못한다."

헨리 데이비드 소로, 『월든(Walden)』

앙리 프레데릭 아미엘의 말도 들어보자.

"1854년 2월1일. 걸었음. 대기는 믿을 수 없을 만큼 청아. 따스하고 포근하게 애무하는 햇볕. 산다는 것 자체가 기쁨이다…… 신기하게도 나는 다시 젊어졌다. 또 단순해졌다. 솔직함과 무식함이 단순한 것처럼. 나는 생명과 자연에 사로잡혔다. 그것들은 한없이 부드럽게 나를 어루만져주었다. 한 사람의 마음이 이처럼 순진무구한 자연을 향해 열어젖히는 행위와 이처럼 불멸적인 생명을 한 사람의 영혼 속으로 파고들게 만드는 행위는 신의 음성을 듣는 것과 다름없다. 하나의 감각은 하나의 기도이자 신에 대한 헌신에 자신의 내던지는 행위이다."

앙리 프레데릭 아미엘, 『아미엘의 일기(Journal Intime)』

이보다 더 울림이 큰 말에 귀 기울여볼 텐가. 위대한 철학자 장 자크 루소의 가르침을 들어보자. 그는 볼테르와 더불어 18세기 지성계의 대표주자였다.

"내가 기억하지 못하는 내 삶의 세세한 일들 가운데 가장 후회하는 것은 여행 일기를 작성하지 않은 것이다. 나 홀로 걷고 걸었던 그 여행만큼 생각을 많이 한 순간은 없다. 또 그때만큼 내 실체에 대해 많이 깨닫고, 활력이 넘쳤던 적은 없다. 말하자면 그때만큼 내가 나다웠던 적은 없다. 걷기는 내 두뇌를 활성화해 사고력을 고양하는 무언가가 있다. 즉 한 곳에 머물 때는 생각이 잘 돌아가지 않는다. 정신이 작동하려면 내 몸 또한 움직이는 상태에 있어야 하는 것이다. 마을 풍경, 아름다운 경치, 위대한 산들바람, 왕성한 식욕, 걷기를 통해 얻는 건강, 기숙사로부터의 탈출, 자립심 부족으로부터의 도피, 불행한 운명을 일깨워주는 모든 것으로부터의 도피, 이 모두는 내 영혼을 해방시키고 더욱 대담한 생각을 가지게 만들어, 말하자면 자연의 광활함 한가운데로 나를 내던진다. 그 속에서 나는 자유자재로 선택하고, 조합하고, 두려움과 제약 없이 내 의지대로 행동할 수 있다. 나는 자연의 주인인 것처럼 자연의 모든 것을 활용한다. 말인즉슨 내 마음은 사물을 일일이 관찰한 후 조합하고, 그것과 일치하는 다른 사물들을 확인하고, 경이로운 이미지들로 감싸 안아 가장 정교한 감정을 품는다. 이 모든 걸 완전히 포착하기 위해 내가 스스로 만족할 만큼 묘사하려면 정력적인 연필과 선명한 색깔 및 에너지 넘치는 표현력이 필요하리라. 혹자는 말하기를, 내가 쓴 책에서 이 같은 영향을 받은 흔적을 찾아냈다고 한다. 그 작품들이 나의 말년에 씌었는데도 말이다. 아, 한 번만이라도 내 청소년 시절을 들여다볼 수 있다면 얼마나 좋을까. 내가 하긴 했지만 결코 써놓지 못한 날들을."

위대한 루소는 이 글을 조용히 말년을 보낼 때 썼다. 나이를 많이 먹고서도 인상이 지워지지 않았으니 걷기가 가져온 영적인 자극은 꽤나 강력했던 게 틀림없다.

• • •

루소, 아미엘, 소로 이 세 인물을 완벽한 조언자라 불러도 무방하리라. 이들은 우리의 의도와는 너무 동떨어진 인물이다. 그렇다면 대인 논증(상대방의 말을 논거로 이용하는 토론. 옮긴이)을 펼쳐보이는 편이 낫겠다.

내가 아는 어떤 사람은 어느 여름철 홀로 두 사람 몫 이상을 하려 애쓴 적이 있다. 그는 일주일에 5일 동안 이른 아침부터 이튿날 아침까지 일에 매달렸다. 토요일 오후가 돼서야 자유가 주어졌다. 그는 토요일에 보트를 타고 마을로부터 30킬로미터가량 떨어진 곳으로 외출했다. 그리고 일요일 오후 다시 작업을 했다(아, 애석하지만 어쩔 수 없었다). 야외에서 하는 일이긴 했지만 말이다. 월요일 새벽 2시 30분에 그는 귀환 길에 올랐다. 이번에는 걸어서 갔다. 도중에 아침밥을 해결하고, 늦지 않고 정확한 시간에 그의 책상 앞에 당도했다.

무슨 이득이 있었냐고? 그날 새벽의 걷기로 인해 그는 일주일 내내 기력이 샘솟은 채 지냈다.

즐거움을 주었냐고? 존경하는 실용주의자들이여, 그와 동행했더라면, 때 묻지 않은 자연의 고요, 평온, 잔잔한 울림을 느껴보았더라면 좋았을까. 이른 아침 시간이 주는 지상 최고의 휴식, 고독감, 광활함. 침묵의 별들 아래에서 영혼과 마음은 드넓게 뻗어나간다. 고즈넉한 새벽녘은 그렇다.

그는 보름달이 이지러지며 기우는 장면을 보았다. 그는 위대한 자연이 천천히 깨어나는 장면을 보았다. 졸음을 떨치지 못한 젖소들이 클로버 풀밭 위에 웅크리고 있었고, 이슬 머금은 들판은 보석처럼 빛났다. 물웅덩이는 여명 속에서 에메랄드와 석류석처럼 빛났다. 살아있는 모든 것들은 시나브로 제 개성을 발산했다. 관목 하나하나, 땅을 기어다니는 생물 하나하나, 저마다 고유한 삶을 가지고 있었다. 가장 볼품없는 잡초도 식물적 개성을 한껏 뽐내는 순간이었다. 식물적 개성이란 무한한 존재 및 신성한 존재와 무관하지 않다.

그리고 "낮이 키스를 건네자 눈꺼풀을 파르르 떨며

깨어나는 들판 혹은 숲 속의 모든 꽃들."이라는 구절이 그의 귓전에 울렸다. 그는 혼자였다. 그의 곁에는 무사태평인 '자연' 밖에 없었다. 말로 표현 불가능한 영겁의 평화가 그의 영혼 속으로 파고들었고 그 덕분에 그는 5일이라는 소모적인 기간 동안 잡다하고 하찮은 일들과 너끈히 싸울 수 있었다.

이득이 있었냐고? 즐거움을 주었냐고? 그렇다면 말이나 네 바퀴 달린 차가 그에게 이득과 즐거움을 가져다주었을까? 자그마한 보트, 자전거, 오토바이, 비행기는 이득과 즐거움을 가져다주었을 것인가? 간명하게 진실을 말하자면, 몹시 고단한 나날을 보내며 그가 깨우치고 실행에 옮긴 것은 바로 걷기다. 오직 걷기만이 그의 기억에 생생히 살아 숨 쉬고 있었다.

우리는 가능하면 자주 동틀 녘 이슬로 목마른 영혼을 적셔줄 필요가 있다. 또 가능하면 자주 책상, 사무실, 계산대로부터 벗어나-아니, 공과 배트와 골프채로부터 벗어나-고요한 시골로 스며들어야 한다. 세상은 우리가 감당하기에 벅찬 일들로 가득하다(The world is too much with us, 워즈워스의 시 제목이기도 하다. '세속적인 일들이 너무 많다'는 의미로도 해석된다. 산업화와 물질주의의 번영을 비판한 시로 자연의 가치를 읊는다. 옮긴이).

단기 대출금, 불황기의 낮은 마진율, 주식의 다크호

스와 겨루는 살벌한 경쟁, 급변하는 시세, 장기적인 악운, 불안정한 관세율, 파업과 파업 소문들. 이런 것들은 인간의 마음을 뒤죽박죽으로 만든다. 아무튼 나는 이른 아침 걷기보다 정신적 혼돈 상태에 잘 듣는 해독제는 없다고 생각한다. 아침 걷기는 육체뿐 아니라 정신 건강에도 이롭다.

• • •

걷기는 정신의 보약이기도 하다. 동종요법 처방의 경우에도 역시 들어맞는다.

지난 일요일 아침 식전에 6킬로미터가량 가벼운 산책을 했다. 그때 산책은 나를 평온하고 은혜로운 사람으로 변화시켰는데, 그 영향이 아직도 가시지 않는다. 산책길에는 한 사람도 눈에 띄지 않았다. 마을은 온통 내 차지였다. 나는 하늘과 땅의 드넓은 적막 속에 피곤에 절은 내 머리를 담가서 목욕시켰다. 언덕배기에 올라 넓고 평화로운 시골마을을 훑어보았다. 마을 뒤로 아득히 잔잔한 호숫가 있고, 마을 앞에는 아직 잠에 취한 도시가 기다랗게 누워있었다. 그 위로 인자한 하늘이 쭉 펼쳐져있었다. 하늘이 이 질박한 세상을 꼬옥 품어 안은 모양이었다.

나는 움직이는 것들 틈바구니에서 '부동(不動)'을, 무상함의 본질을, 다양함 속의 통일성을, 윤회하는 세계의 한 목적지를, 모든 게 오로지 수단으로 보이는 세계의 결과를, 유한 속에 숨어있는 무한을, 인간에 내재된 신성함을 보았다고 확신했다. 쳇바퀴 같은 한 주가 끝난 후 걷기는 나의 정신을 북돋우고 신명을 불어넣었다.

지구를 초월한 공간으로부터 힘껏 공기 한 모금을 빨아들였다. 나는 아득한 천상에서 떨어진 만나(manna, 하늘이 준 양식. 에너지의 원천이라는 의미도 있다. 옮긴이)를 배불리 먹었다. 그러자 자잘한 근심거리와 의무들로 가득 찬 이 조그만 행성이 내 시야에서 사라져갔다. 하늘에 떠 있는 지성소, 구름을 보자 내 눈썹은 시원해졌다.

하지만 지상에서 마주치는 사소한 근심거리와 의무들의 중요성을 결코 간과하지 않았다. 그것들은 무한한 통일성에 내재한 무한한 다양성의 일종이 아니었을까? 그것들은 또한 우주의 초자연적 경제(spiritual economy)를 이루는 요소가 아니었나? 하지만 그것들 속에서 내가 발견한 건 태양광보다 크고 새로운 빛이었다. 해서 새로운 양태를 띠었고 신성함의 총체의 구성요소임을 스스로 증명해보였다. 그것들이 없다면 신성함의 총체는 사그라들고 말 터이다.

이른 아침 공기에는 낯설 정도로 순수한 무엇이 있다. 정화하는 힘이 있다. 이른 아침 공기는 자연의 훌륭한 소독제이다. 무균의 공기. 그것을 한번이라도 마셔 본 사람은 한낮의 감염상태를 다소 덜어낼 수 있다. 근심과 불안이라는 해로운 세균은 이른 아침 공기 속에 살지 않는다. 이른 아침 공기는 무엇과도 비교할 수 없는 살균제이다. 그때 비로소 자연은 자신을 되찾는다. 자연에 기거하는 생물조차 이 사실을 알고 있는 듯하다. 왜냐하면 새나 들짐승이 가장 활기찰 때가 동틀 녘이기 때문이다.

• • •

외로운 영혼에게, 불운한 영혼에게 위로를 주는 원천이 있다. 외제니 드 게랭(Eugénie de Guérin, 프랑스 여류 작가. 옮긴이)은 "인간이 아닌 것, 인간이 아닌 것만이 영혼을 위로하고, 인간이 아닌 것만이 영혼에 보탬을 준다."라고 했다. 그러면서 이렇게 덧붙였다.

"아이에게 그 어머니가 필요하듯, 내 영혼에겐 나의 신이 필요하다."

하느님이 경전 속에 모습을 드러낸다고 믿는 신자들은 저마다 성경책을 집어들면 될 터이다. 교회로 가는 경로를 택했다고 생각하는 사람은 영적인 조언자로부터 유령같은 힘을 얻어낼 터이다. 하지만 그 자신의 일만큼 자신을 솔직하게 드러낼 수 있는 게 없다고 여기는 사람은 자연의 얼굴, 자연의 윤곽선에서 위안의 원천을 갈구할 것이다. 모든 외로운 영혼이 그렇게도 바라마지 않는 위안의 미소, 그리고 다행스럽게도 신학자들이 입에 거품을 물고 논쟁하는 대상은 각자의 일이 아니라 각자의 말일 뿐이다.

그대여 판(Pan. 숲, 목양의 신. 옮긴이)에게 가라. 자신을 들판에 내맡겨라. 자신을 숲에 내맡겨라. 회개하는 마음을 우주의 제단에 쏟아부어라. 그대, 그리하면 평온해지리라.

정신에 일어난 작은 동요의 원인이 궁금한가? 마음에 솟구치는 보잘 것 없는 감정의 의미를 알고 싶은가? 그대여, 지친 머리를 자연의 가슴팍에 내려놓아라. 우정은 언젠가는 시들해지고, 이상은 언젠가는 소멸하고, 열정은 언젠가는 식을 것이다. 그대가 온몸을 던졌던 애착 강한 욕망은 어느 순간 하나도 빠짐없이 그대의 두 눈 앞에서 순식간에 사라져가지 않았던가. 힘내라. 항상 무한한 존재와 영원한 존재가 그대가 손닿는 곳에 있다. 그대 옆에, 그대 위에 있다. 사소하고 하찮은 존재가 도망치듯 사라진 자리에 깃든다.

내가 아는 한 가장 효력 있는 안정제는 '자연과의 내밀한 교제'다. 나무는 건강에 이로운 공기를 내뿜는다.

들판은 휴양지로 이끈다. 고요하고 안정감을 주는 약효가 벽도 없고 천정도 없는 땅 위로 퍼져나간다. 그 땅 위에 구겨지고 비틀어진 영혼이 기거할 방이 있다. 그 방안에서 영혼은 한결 부드러워진다. 똬리를 틀고 있던 유해한 병균은 썰물이 빠지듯 씻긴다. 나쁜 관념들은 훨훨 날아가버린다. 싸움이라면 수백 번도 목격했을 반백(半白)의 오크나무 가지 아래에서 벌어지는 행인들 간의 말다툼이란 얼마나 부질없는 짓인가! 널찍한 하늘 아래에서 인정사정 볼 것 없이 터지는 분노들은 얼마나 초라해 보이는가!

왜 그런가 하면, 위대한 '판'은 죽지 않았기 때문이다. 또 판에게 가는 사람은 어떤 경우에도 판에게 내쫓길 일은 없을 것이다. 판은 그대가 어떤 교회의 사람인지 상관하지 않을뿐더러 그의 식탁 주위에 울타리를 치지 않는다. 그대가 선택한 성지가 어디든 따지지 말고 경배를 올려라. 판은 언제나 그대를 받아들일 것이다. 판은 모든 신으로부터 사랑받으니까.

그런데 어쩌겠는가. 도무지 모든 게 가치 없다고 느껴지는 때가 오기 마련이다. 그때는 한바탕 잔치에도 넌더리나고, 슬픔에도 마음이 요동치기는커녕 무덤덤해진다. 그때는 모두 부질없어 보이고, 모든 걸 쉽게 포기해버린다.

그럴 때는 두꺼운 부츠를 꺼내 신고, 튼튼한 지팡이를 움켜쥐고 나서 시골 속으로 걸어라. 궂은 날이든 맑은 날이든 상관하지 마라. 상식에도 맞지 않는 터무니없는 소리로 들릴지도 모르겠다. 하지만 일단 한번 시도해보라.

자연은 결코 포기하는 법이 없다. 사람의 발길에 짓밟히고 경쟁관계에 있는 초목에 둘러싸여 기를 펴지 못할지라도 쐐기풀은 살아남기 위해 정력적으로 투쟁한다. 그래도 쐐기풀은 투쟁의 목적을 갖고 있진 않다. 또한 왜 사랑받는 식물이 더 잘 얻어먹는지 묻지 않으며 왜 자신이-불쌍하지만-뿌리째 뽑혀야 하는지 묻지 않는다. 시골길을 걸어보라. 그리고 최소한 잡초라도 유심히 들여다보라.

그리고 기억해둘 게 하나 있는데, 터무니없어 보이지만 시골 걷기는 합법적인 치료법이라는 점이다. 두통을 고친다는 치료약 가운데 불법적인 것이 많다. 각성제, 마취제, 유사 환각제가 대표적이다. 사람을 취하게 만드는 한 잔, 두 잔은 말할 것도 없고 야외 놀이, 일, 위험한 모험, 도박판도 마찬가지다. 하지만 시골 산책은 그저 '자연이 가는 대로 놔두는 행위'다. 그럼으로써 '치료하는 자연'에 기회를 부여하는 행위다. 한번 시도해보기를 바란다. 나아만(Naaman, 성경 속에 등장하는 시리아 군대의 지휘관. 옮긴이)처럼 다마스쿠스에 있는 강들인 아바나(Abana)와 바르발(Pharpar)에 관해 재잘거리지 말고, 그저 요단 강에 일곱 번 몸을 씻어 보라.

걷기는 이기적이지 않고 '더불어 살기'의 중요성을 일깨운다

"하지만 걷기란 이기적 쾌락이 아닌가?"라는 질문을 농촌 유람 중 곧잘 받는다. 어지간해선 이 질문을 모른 척 할 수 없다. 나는 무뚝뚝하게 "아니오."라고 대꾸한다. 시골 걷기는 산책자에게 명랑함을 불어넣는데, 명랑함은 이기심에 가장 위협적인 적이다. 철학자 베이컨은 정원 가꾸기야말로 인간 쾌락의 가장 순수한 형태라고 정의한 적이 있지만 내 생각엔 걷기가 더 순수하다.

우리는 군집생활에 경도돼 있다. 우리는 무리를 이뤄 사는 경향이 강하고 무리가 개개인의 습성을 어떻게 생각하는가에 대해 과다하게 신경쓴다. 문명은 이유 없는 자비를 베풀지 않는다. 사람들의 인위적 결합은 인종의 자연적 단순성을 '오염'시킨다. 공통의 적을 방어하기 위해 서로 뭉치는 과정에서 때때로 한 사람의 적은 한 지붕 아래 사는 사람들이라는 사실을 우리는 잊어버린다. 우리는 저마다 세상의 눈들이 자신에게 향해 있다고 느끼며 무의식적으로 자신을 세상에 끼워 맞춘다.

정치 집단은 전체의 이익을 위해 개인의 행동 자유를 제한할 뿐만 아니라 사고와 태도의 자유 또한 제한한다. 이는 어떤 결과를 낳는가 하면 '자의식'이 새롭고 불온한 의미를 띠게 됐다. 즉 자의식은 무엇에도 얽매이지 않는 이성의 특별하고 고유한 성격을 드러내는 대신 자의식은 이성적인 우리 동료가 이성에 족쇄를 씌워놓았다는 뼈아픈 자각을 드러내고 있다.

우리는 우리 자신의 노예다. 오직 어린이와 야만인만이 '의지대로 살고' 또 '삶의 골수를 빨아들이고 깊이 있는 삶을 산다'. 어린이가 성인이 되기 훨씬 전에, 야만인이 문명인이 되기 훨씬 전에 인간은 소리 없고 눈에 띄지 않고, 다만 지칠 줄 모르는 건축가로써 그의 주변에 벽을 건설한다. 자신만의 구역을 보호해주는 보이지 않고 깨지지 않는 벽이다. 자신의 자연발생적 감정, 타고난 정서, 포부와 야망 등이 그 벽에 난 틈과 미세한 구멍을 통해 새어나오기 마련이다.

그러한 '오염'은 이미 문학 작품 속에 널렸다. 구심력 현상은 경제 영역에 국한되지 않는다. 상업과 산업은 도시로 인구를 유입시키는데 이와 동시에 도시 관련된 글만 쓰는 일군의 작가들이 탄생한다. 우리 시대 픽션 가운데 응접실에서 벌어지는 천박한 밀애만을 다루는 작품은 이루 헤아리기조차 힘들다. 천박한 도시민의 천박한 다툼들을 다룬 작품은 또 얼마나 많은가. 서사시는 300년 전 땅속에 파묻혔다. 송가(頌歌.Ode)는 죽은 지 오래다. 서정시는 이제 죽어가고 있다. 지금 우리 곁에 있는 것이라곤 소설과 문제극, 그리고 신문과 화보 딸린 잡지다. 조만간 스냅사진과 페이퍼릿(Paperlette, 종이 조각 상징물. 옮긴이)의 시대가 열릴 것이다. 우린 이미 그런 시대로 진입하고 있다.

나는 대규모 도시에 사는 주민 전부가 매 주말마다 시골 산책길에 오른다면 더 바랄 게 없다. 거기서 저마다 청춘 시절의 싱그러움을 되찾고, 생기 없는 두 눈은 한낮 태양광선으로 이글이글 불타오를 것이다. 또 일상적 피곤의 허물을 벗어던지고 돈벌이 과정에서 쌓인 때를 깨끗이 씻어낼 것이다. 그러면 무엇을 위해 사는가라는 물음 앞에서 월급보다 더 가치 있는 것이 있음을 깨닫게 된다.

빵과 서커스(panem et circenses, 음식과 놀이라는 뜻. 옮긴이) 외에 즐길 것이 더 있다는 사실도 깨닫는다. 허황된 꿈일는지 모르겠지만 미식축구와 맥주 혹은 야구와 땅콩 대신 바커스의 춤과 키오스 섬의 와인을 복권시키는 게 어떨까.

고백하건대 모던한 삶이 추구하는 '도시 지향'이 내

겐 매우 심각하고 또 매우 불길한 얼굴로 다가온다. 그래서 나는 존 러스킨과 같은 결론을 내리게 됐다. 러스킨은 50년쯤 전 이렇게 썼다.

"나는 한때 시골 생활이 인간에 끼칠 수 있는 영향을 보여줄 증거들을 제시하려고 무던히 애썼다. 그때 난 우리가 서로 논쟁하는 이슈(그것이 정치적인 문제이든 사회적인 문제이든) 어느 것보다 바로 시골 생활이 중대하다는 것을 독자들이 알아차리고 있다는 사실을 발견했다. 그들은 진정으로 나와 더불어 끝까지 시골 생활을 추구했다. 인간이 시골 생활이 중대한 인간사라는 것을 알게 될 날이 올 것이다."

존 러스킨, 『근대화가론(Modern Painters)』

역사를 꼼꼼히 읽다 보면 오만에 빠진 도시는 항상 이교도에게 굴복당한다는 사실을 알게 된다. 세상에 있는 모든 육체적 욕망, 시각적 욕망, 삶의 치장 등이 무제한적으로 뒹구는 곳은 다름 아닌 사람들로 북적이는 도시다. 그리고 노동의 세분화가 날마다 극단적으로 이뤄지는 곳도 도시다. 총체적인 의미에서 도시는 인간의 행동을 강하게 제약한다. 그로 인해 두 갈래 결과가 나타난다. 우선 고결한 감정들의 발육이 저해된다. 그리고 질 나쁜 욕정들이 뻗쳐나온다. 사회주의는 이에 대한 처방전이 못된다. 아마 루소의 사상이 가장 합리적인 게 아닌가 한다.

그러나 어떤 의미에서 자연이 소리 없이 순환을 멈추지 않는다는 점도 사실이다. 미합중국, 캐나다, 오스트레일리아, 남아프리카의 국가 기원은 인구 과다 혹은 과잉 번잡 중심지로부터의 대량 이주가 아닌던가. 식민지화는 군중의 사회, 정치, 종교적 압축으로부터 벗어나고자 하는 저항에서 시작됐다. 간단히 말해 내가 당신에게 도망쳐 나오라고 하는 곳이 바로 이러한 압축이다. 이건 바로 당신 이야기다.

영혼을 청소하는
자연의 찬가에 귀 기울여보라

너무 시골 산책에 대해 과찬을 늘어놓지 않았는지 모르겠다. 나는 시골 산책을 예찬하기 위해 야외 스포츠 활동을 깎아내리려는 생각은 추호도 없다. 완벽한 스포츠맨은 가장 고귀한 신의 작품이 아닌가. 명철한 역사철학자 골드윈 스미스(Goldwin Smith, 저자 홀테인의 정신적 스승이자 저자가 비서로 보좌했던 영국 유명 학자. 옮긴이)가 "운동은 뇌를 씻어낸다."라고 말했듯 나도 썩 괜찮았던 시골 산책을 통해 영혼이 깨끗이 청소되는 느낌을 갖곤 했다.

경쟁에서 벗어나고 스캔들, 가십 같은 사소한 것에 대한 집착에서 벗어나라. 동료와 이웃사람들로부터 벗어나라. 그러면 아마 당신은 처음으로 누가 당신의 진정한 이웃인지 비로소 알게 될 것이다. 즉 착한 사마리아인이 오래전에 가르쳐주었던 '고뇌에 찬 동행자'가 누구인지 알게 된다는 말이다. 또 교환과 상업 행위로부터, 관습과 예속으로부터, 형식과 의식으로부터 벗어나라. 온갖 번잡함으로부터 탈출하라.

흐르는 물과 나무와 풀 사이에 있으면 저절로 관대해진다. 탁 트인 대지 위에 드리워진 푸른 창공 아래 서면 기분이 좋아진다. 유령들은 아침 공기를 맡자마자 사라지고, 반딧불이는 유한한 불을 사그라뜨린다. 자연은 누구에게나 자신이 무한하게 찬미될 '신비'라는 점을 직관적으로, 그리고 자연스럽게 드러내기 때문이다. 무신론자든, 유신론자든, 범신론자든 상관없이 자연은 모두에게 그러하다. 만약 덧없는 것과 찰나의 것 너머에 무언가 있다면, 만약 존재의 무궁함이 어느 곳에라도 있다면 대지를 향해 머리를 숙이고 숭배하는 행위를 마다할 일이 없지 않은가.

존재의 무궁함. 자연 만물이 실제로 가리키는 지점이 그것이다. 구름, 하늘, 신록 만발한 대지, 발아래 각양각색 무수한 식물들은 마치 영혼 저 아래로 침잠하듯 한데 뒤섞인다. 이것들은 생명이라는 오케스트라에서 한 개의 화음에 불과하다. 그것은 자연이 노래하는 위대한 찬가이다. 우리는 그 찬가를 통해 비로소 "자연의 널찍한 가슴에서 고동치는 생명의 무한 순환과 보이지 않는 근원으로부터 분출해 우리 우주의 혈관들을 팽창시키는 생명"을 인지한다.

우리가 헤아릴 수 없는 다양성의 저변에 흐르는 거

대하고 불가해한 통일성을 간파하는 것도 찬가를 통해서이다. 잔물결의 찰랑거림, 실개천의 졸졸거림, 소나무 숲에 이는 바람의 살랑거림. 이 모든 것은 생명이 자아내는 신성한 선율의 음계 하나하나에 해당한다. 누가 들을는지 괘념치 않고 부르는 생명에 관한 우주의 노래.

아아, 그런데 우리들 대다수는 빈약하고 새된 소리에 귀 기울이는구나!

100년 전에 재발견한 '힐링으로서의 걷기'

아널드 홀테인(Theodore Arnold Haultain. 1857~1941)은 19세기와 20세기를 걸쳐 살았던 영국 지식인이다. 눈에 띄는 이력은 당대 실력 있는 역사학자이자 언론인 골드윈 스미스(1823~1910)를 오랫동안 비서로 보좌했다는 것이다. 스미스는 영국과 캐나다에서 두루 활동했는데 이 책의 주무대가 영국과 캐나다인 것도 이와 무관하지 않다. 홀테인은 스미스의 학문적 보좌관이었고, 스미스는 홀테인의 학문적 스승이었다.

홀테인은 영국군 장교의 아들로 태어났다. 아버지가 인도에서 복무한 탓에 어린 시절을 인도에서 보냈다. 홀테인의 사색을 즐기고 영혼의 문제에 강한 애착을 품는 면모는 신비의 나라 인도에서 적잖은 영향을 받은 듯하다. 우주, 자연을 향한 그윽한 시선과 밀도 있는 사색이 이 책의 첫 페이지부터 마지막 페이지까지를 이끌어 가는 힘이다.

또한 홀테인은 신화, 문학, 음악 등에 해박했던 것으로 보인다. 그는 책에서 시와 신화의 인물을 적재적소에 사용하는데, 그 지식의 깊이가 예사롭지 않다. 그는

20세기 초엽 유럽 교양인의 전형으로 인문학자라 불러도 손색이 없다. 구체적으로 설명하자면 자연을 사색한 인문학자였다.

그는 『골프의 신비(The Mystery of Golf)』, 『연인들을 위한 조언(Hints for Lovers)』 등의 대표작을 남긴 작가이다. 모두 36권의 저서를 남긴 것으로 알려져 있지만 우리나라는 말할 것도 없고 영미권 독자에게도 잘 알려지지 않았다. 이는 그가 생전에 이룬 업적이 거창하지 않아서 세상의 주목을 받지 못한 게 주된 이유일 것이다. 자세한 기록물이 없는 탓에 그의 일생 또한 상당 부분 베일에 가려져 있다.

이 책은 1903~1904년 미국에서 발행된 잡지에 연재된 글들을 묶은 것이다. 그는 이 책 외에도 걷기를 소재로 한 또 다른 에세이를 출간한 적이 있다고 한다.

요즘엔 '둘레길 걷기', '트레킹' 등이 유행하며 걷기 열풍이 한창이지만, 홀테인이 이 책을 엮어낼 무렵엔 시골 마을을 한가로이 걷는다는 것이 그다지 흔치 않았을 뿐더러 당시 사람들은 걷기 그 자체에 별다른 의미를 부여하지 않았다. 이런 상황에서 홀테인은 시골 산책을 즐기며 그 묘미를 제대로 알아차렸다. 그는 두 발로 시골 마을을 가로지르며 사색을 일삼고, 자연 속에서 걷기가 주는 묘미를 곱씹었다. 그는 걷기를 통해 인생에 대한 통찰을 얻고 자연의 위대함을 깨달았다.

여행이나 운동 목적이 아닌 '걷기를 위한 걷기'를 발견했던 것이다. 말하자면 홀테인은 걷기를 재발견한 인물이다.

그 당시 이 마을 저 마을 물건을 팔러 다닌 상인이나, 산 넘고 물 건너 밭을 일구던 농부, 양떼를 몰고 다닌 목동 모두에게 걷기는 일상이며, 노동의 한 부분에 불과했다. 여가를 위한 행위가 아니라 먹고 살기 위한 방편이었던 것이다.

하루하루 벌어서 먹고사는 게 급선무였던 사람들이 '여가로써의 걷기'에 눈뜨기란 좀처럼 쉽지 않았다. 하지만 산업화가 본궤도에 오르고 도시화가 가속 페달을 밟자 사람들은 여가라는 것에 눈을 돌리게 되었다. 특히 자본가를 비롯해 경제적으로 여유가 생긴 사람들이 더 그랬다. 노동의 시간과 쉬는 시간이 엄격히 분리되면서 여가라는 개념도 덩달아 힘을 얻게 되고, 삶에서 여가가 중요한 부분으로 떠오르기 시작한 것이다. 더불어 휴가라는 개념이 자리 잡힌 시기도 이즈음이다. 이것이 학자들의 대체적인 시각이다.

'여가를 어떻게 보낼까', '휴가 때 어디로 갈까' 따위를 궁리하고 단순히 즐기기 위한 목적으로 여행을 떠나는 풍경이 서서히 등장했다. 그러자 자연스럽게 여행 욕구를 자극하고, 만족시켜주는 전문 여행사와 여행 상품이 출현했다. 바야흐로 투어리즘의 시대가 열린 것이다.

하지만 투어리즘은 단체 여행, 즉 가족이나 친구 등 동행이 있는 여행이다. 하지만 홀테인의 걷기는 혼자 떠나는 여정이다. 그는 홀로 걷기를 통해 더 많은 사색과 걷기의 참맛을 즐겼다. 이 책에서 홀테인은 시골 산책 중 우연히 낯선 남자와 한동안 동행하게 된 일화를 들려준다. 그들은 서로 삐걱거리고 결말이 좋지 않았다. 동행인과 홀테인의 불협화음은 걷기에 대한 태도가 서로 달랐기 때문이었다. 홀테인은 홀로 걷기를 예찬한다.

또 홀테인이 강조하는 것은 자연 속에서 걷는 여행이다. 그는 무엇이든 받아들일 수 있다는 '열린 마음'만 챙기면 족하다고 말하며, 걷기 여행의 첫발은 두 다리에서 이루어지는 게 아니라 가슴으로부터 시작된다고 설명한다. 그에 따르면 걷기는 곧 '마음 산책'이다. 마음 산책으로써의 걷기는 오늘날 둘레길 열풍에서도 자주 언급되는 단어이기도 하다. 시골 걷기의 본질은 홀테인의 시대나 지금이나 일맥상통한다는 게 증명되고 있다.

걷기에 매혹된 인문학자 홀테인. 그는 훌륭한 여행자로, 인도에서부터 캐나다, 영국 그리고 유럽 각지를 여행했다. 여행자는 낯설고 신비로운 것에 마음이 사로잡히는 속성이 유난히 강하다. 진정한 여행자는 사소한 것도 허투루 여기지 않는, 돌 하나, 나무 한 그루에 눈을 확 뜨고 심장이 뛰는, 열린 마음의 소유자이다. 홀테인도 그런 여행자였다. 딱정벌레 한 마리조차 그의 눈에는 신성한 생명체로 비쳤으며, 풀잎을 보고 탄생과 소멸의 무한반복이라는 자연의 순환법칙을 떠올리며 감탄사를 토해냈다. 물방울, 벌레 한 마리, 나뭇가지에 걸린 구름 한 점까지 놓치는 법이 없었다. 그래서 자연이라는 거대한 세계를 구성하는 모든 생물과 무생물은 그에게 의미 있는 존재로 거듭났다. 홀테인은 마치 날숨으로 불씨를 지피듯 깊은 통찰력으로 이들 피조물에 생명력을 불어넣었다. 그러면서 자연의 위대함을 새삼 일깨웠다.

홀테인의 걷기를 압축적으로 정리하면 '자연과의 내밀한 만남'이다. 그 만남을 통해 그는 자연의 숭고함, 위대함 등을 깨달았다. 웬만한 어른이라면 자연 앞에서 한없이 겸손해지는 순간을 겪은 본 적이 있을 것이다. 그런 겸손함은 자연의 숭고함을 느끼는 순간 불현듯 찾아오며, 그 순간은 일상적인 말로 표현하기도 어렵다. 자연의 숭고함과 인간의 겸손은 그렇게 서로 맞닿아 있다.

홀테인은 우리 인간이 이 우주 속에 극히 미약한 존재일 뿐이라는 사실을, 그리고 자연 앞에서 오만해선 안 된다는 평범한 진리를 담담하게 이야기한다.

2016년 여름의 한가운데를 걸으며 서영찬